AF175944

Mord im Münsterland

Pandemie

Von Katja Anker

Bibliografische Information der Deutschen Nationalbibliothek: Die Deutsche Nationalbibliothek verzeichnet
diese Publikation in der Deutschen Nationalbibliografie;
detaillierte bibliografische Daten sind im Internet über
dnb.dnb.de abrufbar.

© 2021 Katja Anker

Herstellung und Verlag: BoD – Books on Demand, Nor-
derstedt

ISBN: 978-3-754-395-417

Inhaltsverzeichnis

Prolog

Mit einem glücklichen Lächeln stieg Sybille die Stufen hinauf, die unter ihrem Gewicht ächzten. Sie war mit ihren 58 Jahren nicht mehr die Gazelle, die sie mit 20 noch gewesen war, aber das machte ihr nichts aus. Sie hatte ihren Beruf als Haushälterin, ihre Wohnung im Souterrain und ihren Sohn Peter. Mehr brauchte sie nicht. Und heute war Weihnachten, die Arbeit war gut vorbereitet, schließlich waren die Kinder von Herrn von Rothenstein zu Besuch. Auch ihr Sohn Peter war da. Der liebe Junge war gestern Abend noch zu ihnen herausgekommen, nach einem langen Arbeitstag in der Gärtnerei. Er hatte seine eigene Wohnung in der Stadt, aber an Weihnachten wollte er bei ihr sein. Dieser Gedanke erwärmte ihr Herz.

Sie öffnete die Tür zur Halle, die düster wirkte an diesem frühen Wintermorgen. Ein Druck auf den Lichtschalter und versteckte LED-Lampen erleuchteten das alte Gemäuer. Sybille grinste, wie immer, wenn sie sah, dass das historische Gebäude mit modernster Technik gepaart war, ohne das Ambiente zu stören. Mit den entsprechenden Summen war es möglich, in einem uralten Herrenhaus komfortabel zu leben. Selbstverständlich waren die Fenster alle dicht, es zog nicht in den Ecken und neben Licht gab es auch fließend Wasser und Strom. Sie hatten sogar eine Solaranlage. Nicht auf dem Dach, das war nicht möglich, wegen des Denkmalschutzes, aber etwas abseits gab es den Solarpark.

Sie ging die breite Treppe hinauf. Natürlich hätte sie auch den Fahrstuhl benutzen können, aber sie liebte das erhabene Gefühl, auf dieser Treppe zu gehen. Oben angekommen, wandte sie sich nach rechts. Zuerst musste sie im Arbeitszimmer von Herrn von Rothenstein nach dem Rechten sehen und die Heizung anstellen, denn er würde sicher nach dem Frühstück noch etwas arbeiten wollen, Weihnachten hin oder her.

Leise öffnete sie die Tür. Und dann schrie sie und schrie und schrie.

Kapitel 1

Kommissarin Helena Besseling sah ihren Kollegen
von der Seite an. Markus Steiger war erst einige Tage
bei ihnen und sie kannte ihn noch nicht richtig. Er
sah gut aus mit seinem markanten Gesicht, den
braunen Augen und den strubbeligen schwarzen
Haaren. Aber er war verschlossen. Kaum ein persönliches Wort war bisher über seine Lippen gekommen. Bisher hatte er in Münster gearbeitet, aber wegen einer hässlichen Scheidung hatte es ihn hierher
verschlagen. Ausgerechnet ins verschlafene Billerbeck. Das Kommissariat war so klein, dass sie hier alles machten, von Kapitalverbrechen über Diebstahl
bis sogar hin zum Verkehrsunterricht in der Schule.
Naja, einmal zumindest, weil die Kollegen vom
Streifendienst so dünn besetzt waren.

Und heute, am ersten Weihnachtstag, also ein Mord.
Kollege Steiger war nicht begeistert gewesen, als sie
ihn über den Einsatz informiert hatte.

Aber wie sagte ihr Dienststellenleiter Johannes Orlund immer: Solange sich die Verbrecher nicht an die
offizielle Dienstzeit halten, muss die Polizei auch außerhalb der offiziellen Dienstzeit antanzen. Wenn
man was werden will.

Sie jedenfalls wollte bei der Polizei was werden. Mit
28 Jahren bereits Kommissarin hatte sie noch ganz
andere Ziele vor Augen. Vielleich das LKA. Aber
auch Steiger war Kommissar, also bisher auch nicht
ganz untätig, zumal er ungefähr Mitte 30 war. Aber

heute hatte er wohl etwas anderes vorgehabt. Wenn er Kinder hätte, bräuchte er heute nicht unbedingt den Dienst zu übernehmen. Aber er war geschieden. Vielleicht hatte er Kinder, die bei seiner Frau – Exfrau – waren.

„Wie weit muss ich denn noch fahren?" Die Stimme des Kollegen riss Helena aus ihren Überlegungen.

„Bis zur nächsten Station, dann rechts und dann sieht man das Herrenhaus schon bald auftauchen."

„Station? Hier ist doch noch nicht mal eine Bahnlinie."

Helena verkniff sich ein Grinsen. „Die Stationen für den Prozessionsumzug an Fronleichnam. Die kleinen überdachten Marien-Statuen, die hier ab und zu stehen."

Steiger grunzte nur.

„Du bist wohl nicht katholisch, was?"

„Nee."

Markus ließ seinen Blick aus dem Fenster schweifen, während er die schnurgerade Straße entlangfuhr. Links war ein Graben, dahinter Felder, die von Schnee bepudert waren, rechts Bäume und Sträucher, deren Zweige und Beeren durch den Raureif überdeutlich gezeichnet schienen. Auch einige Blätter hingen noch, braun, vertrocknet und zusammengerollt, als hätten sie im Herbst das Herunterfallen

12

vergessen und wüssten nicht, was sie dort noch sollten.

Aber mehr gab es nicht. Auf der Straße vor ihm, auf der der feine Schnee sich nicht hatte halten können, reihte sich links Feld an Feld, rechts Baum an Baum. Und Strauch. Immerhin konnte man das eine geschlossene Schneedecke nennen.

Er wollte nicht hier sein. Es war Weihnachten, da gehörte er morgens in einen Gottesdienst, um die Geburt Jesu zu feiern. Und anschließend gehörte zu seinen Kindern. Nachmittags konnten noch Verwandt dazu kommen, aber bestimmt kein Polizei-Einsatz.

„Hast du deine Maske?", riss Helena ihn aus seinen Gedanken.

Die rote Mund-Nasen-Maske mit den Rentieren, die vom Rückspiegel baumelte, kam in sein Blickfeld. Es war Helenas. Sie nähte gerne und in diesem Jahr, das Covid-19 bestimmt hatte, waren Masken zu allen Gelegenheiten ihr Projekt, wie sie ihm zu Beginn ihrer Partnerschaft ernsthaft versichert hatte.

„Ja, ich habe einige Einmal-Masken in der Tasche", gab er zurück.

Helena zog die Nase kraus. „Einmal-Masken? Das ist nicht umweltfreundlich und auf die Dauer teuer. Soll ich dir mal einen Grundbestand nähen?"

„Nein, danke." Sonst würden sie im Partnerlook mit Rentiermasken auftreten. Ihre mit rotem

Hintergrund, seine blau. Wer sollte sie denn so ernst nehmen.

„Ist das die Station?" Er wies auf einen Stamm, an dem eine Madonna auf einem Brett befestigt war, ein schmales Bretterdach deutet an, dass es ein Haus sein sollte. Oder sowas in der Art.

„Ja, genau. Hier rechts." Tatsächlich machten die Bäume Platz für eine Abzweigung, bevor sie sich in die ursprüngliche Richtung weitermachten. Jetzt gab es rechts und links nur noch Felder. Durch die Schneedecke war nicht zu erkennen, was hier mal gestanden hatte. Ein Herrenhaus konnte Markus aber nicht sehen.

„Wo ist denn das Haus?"

„Das kommt noch. Jetzt glaub mir doch mal, ich kenn mich hier aus."

Markus sagte nichts. Er wollte sich hier im Nichts nicht auskennen. Wahrscheinlich führte das hier zum Chaos, wenn man eine Station woanders aufstellte, einen markanten Baum fällte oder das Schild: „Eier von freilaufenden Hühnern" wegnahm.

Als er sein Versetzungsgesuch stellte, hatte er sich etwas weniger Ländliches vorgestellt.

Beide hingen ihren Gedanken nach, als Helena plötzlich sagte: „Da ist es auch schon!"

Tatsächlich zeichnete sich rechterhand ein Haus ab. Als erstes fiel Markus ein Türmchen auf, das an der

Seite des zweistöckigen Hauses klebte. Von der Straße, auf der sie unterwegs waren, ging ein kleiner Weg nach rechts, der über eine in drei Bögen geschwungene Brücke führte.

„Das glaub ich jetzt nicht", murmelte Markus, „Was ist das hier?"

„War mal ein Wasserschlösschen", erklärte Helena. „Die sind hier gar nicht so selten. Aber das Haus von Herrn von Rothenstein ist besonders gut in Schuss."

Sie fuhren über die kleine Brücke direkt in einen Innenhof. Hier parkten einige Autos, fast alles dicke Schlitten, nur etwas abseits stand ein kleiner Renault Twingo älteren Baujahrs, aus dem ein Mann stieg. Er hatte eine Anzughose an, dazu einen Pullover und darüber trug er einen offenen Mantel. Das Alter war schwer zu schätzen. Seine jungenhaften Züge passten gut zu den blonden Haaren und den dunkelblauen Augen. Beim Näherkommen stellte Markus fest, dass er zwar einen leichten Oberlippenbart trug, aber am Kinn nur einzelne Haare sprossen. Vielleicht trug das zu dem alterslosen Aussehen des Herrn bei. Er grinste und rieb sich vergnügt die Hände, als wäre der heutige Anlass ein großer Spaß.

„Hallo! Ich bin Nils Abwild, der Pastor, der angerufen wurde." Markus und Helena blieben stehen. „Und Sie? Gehören Sie zur Familie?" Er musterte sie interessiert.

„Nein, Kriminalpolizei. Wir ermitteln hier. Kommissar Steiner und meine Kollegin Besseling", stellte Markus sie vor.

Wieder das begeisterte Händereiben.

„Aber sie wissen schon, dass es sich hier um einen Mordfall handelt?", fragte Markus weiter, den die Begeisterung des Pastors irritierte.

„Ja, ja. Tragisch!" Die Gesten Pastor Abwilds straften seine Worte Lügen.

Markus zog die Mund-Nasen-Maske aus der Tasche und setzte sie auf. Der Abstand von 1,50 Metern war nicht eingehalten. Helena schaute ihn über ihre Rentier-Maske strafend an. Ach ja, die Einmal-Maske war nicht umweltfreundlich.

„Und man hat Sie angerufen? Gehört Herr von Rothenstein zu ihrer Gemeinde? Oder einer von den Gästen?"

Jetzt blickte Herr Abwild erstaunt auf. „Was? Nein, ich kenne keinen von ihnen. Ich bin Jugendpastor in der Freien Gemeinde in Billerbeck. Wenn ich das richtig verstanden habe, hat mich die Tochter von Herrn von Rothenstein angerufen und um seelischen Beistand gebeten."

„Ach, und warum dann Sie? Ich denke, die sind hier alle erzkatholisch!"

„Ja, sind sie auch. Aber ich vermute, dass Frau Wiemann im Telefonverzeichnis unter „Pastoren in der

16

Umgebung" nachgeschlagen hat. Abwild dürfte ziemlich weit vorne stehen."

„Ach und für eine solche Aufgabe außerhalb Ihrer Gemeinde haben Sie am Weihnachtsmorgen Zeit? Müssen Sie nicht predigen?"

Jetzt wirkte der junge Mann etwas bekümmert. „Nein, der Hauptpastor predigt. Ich durfte gestern Abend aber die Christvesper leiten", gab er mit wiedererwachtem Stolz zurück.

„Nun, dann", meinte Helena, „Vielleicht könnten wir dann hineingehen und uns an unsere jeweiligen Aufgaben machen."

„Ähm!", wieder das Händereiben, nur etwas verhaltener, „Ich möchte dazu sagen, dass ich bei meinem Theologiestudium damals dem Ruf Gottes gefolgt bin, aber meine wahre Leidenschaft liegt beim Ermitteln. Ich glaube, wenn mich die Berufung zum Pastor nicht ereilt hätte, wäre ich auch Kommissar geworden."

Markus stöhnte innerlich auf. Nicht auch noch ein Pfarrer Brown.

„Also, was ich sagen will: Lassen Sie mich Ihnen über die Schulter schauen? Ich störe Sie auch nicht, ich möchte wirklich nur zusehen."

Markus suchte nach den richtigen Worten, um den ermittelnden Pastor sanft in die Schranken zu weisen, aber Helena war schneller: „Aber klar, das macht uns nichts aus, was Markus? Nach Weihnachten haben Sie bestimmt nicht so viel zu tun, stimmts?", wandte sie sich an den Pastor.

Etwas anderes als Nicken hätte kleinlich gewirkt, fand Markus. Auch wollte er Helena nicht gleich in den Rücken fallen, aber er nahm sich vor, ein ernstes Wort mit ihr unter vier Augen zu reden.

Sie wandten sich dem Eingang zu und schritten über die dünne, unberührte Schneefläche.

Gemeinsam betraten sie Halle des Wasserschlösschens.

Kapitel 2

Sybille Herschenk, die Haushälterin, hatte die Kommissare und den Pastor hereingebeten und stand nun mit verweinten Augen und hängenden Armen vor ihnen. Markus war sicher, dass sie ihnen unter anderen Umständen Kaffee und Plätzchen oder sogar ein Frühstück angeboten hätte. Heute hatte sie offensichtlich genug damit zu tun, einfach nur zu leben.

„Mein herzliches Beileid", murmelte er, Helena und Pastor Abwild schlossen sich an. Frau Herscheid nickte nur langsam.

Markus Blick wanderte durch die Eingangshalle. Ein Weihnachtsbaum beherrschte das Foyer, dass sich über zwei Stockwerke erstreckte. Der Baum war klassisch in Rot und Gold geschmückt und glänzte der Trauer zum Trotz. In Höhe der ersten Etage hing eine Girlande aus Tannenzweigen mit weißen LEDs, an der Balustrade und um den Handlauf der großen Treppe waren ebenfalls Tannengirlanden gewunden.

„Wir haben einige Fragen und müssen auch den Tatort sehen", besann sich Markus wieder auf den Grund ihres Kommens. „War der Erkennungsdienst schon da?"

Er wurde nur mit einem verständnislosen Blick bedacht.

„Können wir das Zimmer sehen, in dem Herr von Rothenstein ums Leben kam?", versuchte er einen anderen Ansatz. Ob die Spusi dagewesen war, würde man dann ja sehen. Hinterließen ja genug Spuren, die Sicherer.

Jetzt erwachte Frau Herschenk zum Leben. „Natürlich. Kommen Sie, er ist im Arbeitszimmer." Wieder flossen reichlich Tränen, als sie mit den dreien die Treppe hinaufstieg.

„Wollen Sie sich nicht um die Angehörigen kümmern?", zischte Markus dem Pastor leise zu.

„Och, das mach ich später. Erst will ich den Tatort sehen."

Ein strafender Blick traf Helena, aber die achtete zu sehr auf die Treppe, als dass sie sich hätte stören lassen.

Markus wandte sich wieder Pastor Abwild zu. „Sie bleiben in der Tür stehen. Es wird nichts berührt. Wenn ein Papierchen auf dem Boden liegt, wird nicht aufgeräumt, verstanden?"

Nils Abwild reagierte beleidigt. „Glauben Sie, ich hätte noch nie einen Krimi gesehen? Ich will mich doch nicht selbst in die Schusslinie bringen."

Markus grummelte. „Gut. Wollte es nur gesagt haben."

Und schon waren sie am Arbeitszimmer angekommen.

„Ich gehe da aber nicht mit rein", verweigerte Frau Herschenk jeden weiteren Schritt.

„Das sollen Sie auch gar nicht", beruhigt sie Helena, „Aber bleiben Sie bitte in der Nähe, falls wir etwas brauchen sollten"

Sie nickte und stellte sich neben der Tür auf.

„Würde es ihnen etwas ausmachen, uns eine Tasse Kaffee zu bringen? Es ist ja noch sehr früh." Markus war der Ansicht, dass Frau Herschenk etwas tun musste.

„Natürlich bekommen Sie Kaffee. Ich bin gleich wieder da." Und schon lief sie die Treppe hinab. Wäre es doch auch so leicht, den Pastor los zu werden. Aber der stand schon neben der geschlossenen Tür, bereit, nicht eine Sekunde der Tragödie zu verpassen.

Helena hatte schon die Klinke in der Hand. „Bereit?" Markus nickte.

Ihnen präsentierte sich ein Arbeitszimmer, wie es jedem englischen Herrensitz zur Ehre gereicht hätte. Hohe Fenster, ein Schreibtisch davor. Regale mit Büchern, dicke Teppiche und – Jagdtrophäen. Tote Augen starrten sie von den Wänden an.

Hier könnte ich nicht arbeiten, dachte Helena, ich würde mich ja die ganze Zeit über beobachtet fühlen.

Aber es nützte nichts, genau hier war jetzt ihr Arbeitsplatz. Auch Markus stöhnte und vergewisserte sich, dass der Pastor vor der Tür blieb. Er stand dort und hielt sich am Türrahmen fest, damit er sich weit in den Raum lehnen konnte. „Nichts anfassen!" zischte Markus ihn wieder an. „Oh!" Schnell ließ er den Türrahmen los und steckte die Hände in die Manteltaschen. „Tschuldigung!"

Der Geruch des Todes überlagerte alle Gerüche, die sonst in diesem Raum vorherrschen mochten. Helena schaute sich um. Die Bücher in den Regalen wirkten alt. Aber es gab auch eine Reihe jüngeren Datums. Hier standen Schachliteratur, Bücher zur Gartenpflege, und zur Jagd.

Das werden die Hobbys von Herrn von Rothenstein sein, dachte Helena.

Sie ging einen Schritt zum Fenster, um den Schreibtisch besser sehen zu können. Der dicke Teppich dämpfte jedes Geräusch; es war so still, dass Helena den Pastor an der Tür atmen hören konnte.

Auf dem Schreibtisch standen der Computer und ein Glas mit einer bernsteinfarbenen Flüssigkeit. Helena beugte sich vor und roch daran. Etwas Alkoholisches, mehr konnte sie nicht sagen. Nun, die Kollegen würden sich das genauer ansehen.

Die Kommissare traten an den Schreibtisch, auf dem Herr von Rothenstein zusammengesackt war. In seinem Rücken steckte ein Brieföffner.

Kapitel 3

„So, wir haben erstmal genug gesehen." Markus schob Helena aus der Tür und schloss diese hinter sich. „Wir müssen mit den Angehörigen sprechen. Und Sie", er wandte sich an Pastor Abwild, „sollten denjenigen aufsuchen, der Sie hierher bestellt hat."

Pastor Abwild nickte. „Ja, das werde ich. Aber Sie halten mich auf dem Laufenden?"

„Haben wir doch versprochen", mischte sich Helena wieder ein. Markus biss die Zähne zusammen, um nichts Falsches zu sagen.

Während der Pastor mit wehendem Mantel verschwand, um die Haushälterin nach Frau Wiemann zu fragen, zischte Markus seiner Kollegin zu: „Was soll das? Wir dürfen keine Außenstehenden in laufende Ermittlungen einbeziehen."

Sie wurde rot. „Tschuldigung, aber so ein Pastor hat doch sicher auch eine Schweigepflicht. Und er ist irgendwie süß."

Ein vernichtender Blick traf sie. „Süß? Du setzt unsere Ermittlungen aufs Spiel, weil du einen Pastor süß findest?"

Das Rot vertiefte sich. Einerseits tat sie Markus leid, weil auch er den übereifrigen Pastor sympathisch fand, aber es war gegen die Vorschriften. Und er konnte sich gut vorstellen, dass er an Pastor Abwilds Stelle genauso gehandelt hätte. Aber sie mussten sich absprechen, anders ging es im Team nun einmal nicht.

„Wir suchen jetzt Frau Herschenk und versammeln die Angehörigen, damit wir sie befragen können."

„Außer Frau Wiemann, die spricht ja noch mit unserem Pastor."

„Das ist nicht „unser Pastor", der ist uns nur zugelaufen." Jetzt grinste auch Markus und Helena fühlte sich gleich besser.

Frau Herschenk teilte ihnen mit, dass die Familie in der Bibliothek versammelt sei, bis auf Frau Wiemann, und dort auf die Kommissare warte.

Die Bibliothek war, im Gegensatz zu ihrem Pendant in altenglischen Herrensitzen, modern eingerichtet. Natürlich gab es auch hier hohe Regale mit Büchern und auch eine rollbare Trittleiter, sowie bequeme Sessel. Allerdings befanden sich diese vor hohen Fenstern, die viel Licht hineinließen. Auf den Tischchen zwischen den Sesseln lagen Laptops. Und die schweren Vorhänge fehlten, stellte Helena fest. Stattdessen hingen durchsichtige Stores in verschiedenen Variationen von Rot an den Fenstern.

Der Blick aus den bodentiefen Fenstern ging in den Garten. Die Schneedecke hier wies nur ein paar Spuren von Vogelfüßchen auf, die sich um ein gefülltes Vogelhäuschen gruppierten.

Der Raum war insgesamt in warmen Rottönen gehalten. Die Sessel und ein bequem aussehendes Sofa waren beige bezogen, die Tapete wies ein dezentes, blassrosa Muster auf und auf dem dunklen Parkettboden lagen wunderschöne, in Rot changierende Teppiche.

In bodentiefen Vasen waren Tannenzweige arrangiert, die mit Mini-LEDs bestückt waren. Auf dem Tisch vor der Sitzgruppe stand ein Adventskranz in rot und Silber.

Die Familie hatte sich auf die Sessel und das Sofa verteilt. Es waren drei Männer unterschiedlichen Alters und eine Frau.

„Guten Morgen und mein herzliches Beileid zum Tod Ihres Vaters und Schwiegervaters", begrüßte Markus die Gruppe. „Ich bin Kommissar Steiner, das ist meine Kollegin Besseling. Sicherlich haben Sie inzwischen erfahren, dass Herr von Rothenstein einem Verbrechen zum Opfer gefallen ist. Aus diesem Grunde möchte ich gerne erfahren, wer sie alle sind. Waren Sie alle gestern schon hier?"

Ein Mann, knapp 40, lehnte in einem Sessel, den er mit seinem Körperumfang gut ausfüllte. Er trug eine Chino-Hose und einen locker fallenden, sehr schicken Pullover über einem Polo-Hemd. „Mein Name ist Andreas von Rothenstein. Ich bin der älteste Sohn. Wir waren alle seit gestern hier. Wir sind zu Weihnachten nach Hause gekommen, um das Fest mit der Familie zu feiern, so wie jedes Jahr."

„Hat das Haus mehrere Ein- und Ausgänge?“, mischte sich nun Helena ein.

„Ähm, ja, schon. Also den Haupteingang natürlich und hier in der Bibliothek kann man in den Garten gehen.“ Er überlegte. „Moment, es gibt noch einen Eingang zur Einliegerwohnung von Frau Herschenk. Der ist an der Seite, neben dem Türmchen. Wird aber selten benutzt. Frau Herschenk kommt durch eine Innentür zu uns und wenn sie Einkaufen muss, oder was anderes in der Stadt zu tun hat, geht sie meistens durch die Haustür.“

„Oh, keinen Dienstboten-Eingang?“ Markus´ Frage klang etwas spöttisch.

„Doch, den gab es tatsächlich mal. Aber mein Vater hat bei der Renovierung alle nicht notwendigen Türen zumauern lassen. Es sind unnötige Kältebrücken, hat er gemeint.“

„Und die Tür zur Einliegerwohnung? Warum gibt es die, wenn sie kaum genutzt wird?“

Andreas von Rothenstein lächelte. „Ich glaube, er wollte Frau Herschenk so viel Privatsphäre wie möglich lassen. Aber auch wenn Frau Herschenk die Tür nicht nutzt, kann eine ihrer Nachfolgerinnen irgendwann einmal dieses Extra doch sehr schätzen.“

Markus nickte. „Na, gut. Diese Tür müssen wir auch genauer überprüfen. Das machen wir gleich. Nun zu Ihnen.“ Er wandte sich an einen Herrn, der zu der frühen Stunde bereits einen Anzug trug. Er war älter als Andreas von Rothenstein, aber mindestens genauso dick. Der gepflegte Kurzhaarschnitt machte die schwabbelige Figur nicht wett.

Vielleicht ist das der Tribut an die Corona-Zeit, dachte Markus. Bis zur Brust gepflegt und repräsentativ, weil man sich ja in Online-Meetings sieht. Aber seit die Fitness-Studios geschlossen sind und man sich nicht mehr vom Schreibtisch wegbewegen muss, geht der Rest in die Breite.

„Ja, mein Name ist Gerd Wiemann", begann dieser, „Ich bin der Schwiegersohn von Herrn von Rothenstein."

„Ach, und ihre Frau ist im Gespräch mit Pastor Abwild."

Gerd Wiemann zog die Augenbrauen hoch. „Heißt der so? Ja, kann sein. Sie kommt, wenn sie fertig ist."

Markus zückte ein Notizbuch. „Seit wann sind sie hier?"

„Wir sind gestern so gegen Vier Uhr nachmittags gekommen. Wir sind aus Coesfeld. Nachdem wir in der Firma in die Weihnachtspause gegangen sind, habe ich meine Frau abgeholt und wir sind hierhergefahren. Ja, gegen Vier müsste stimmen."

„Wo arbeiten Sie?", wollte Helena wissen.

„Ich bin der Geschäftsführer von Rothenstein-Productions. Das ist die Firma, die Herr von Rothenstein gegründet hat."

28

Jetzt wandte sich Markus an Andreas von Rothenstein. „Sind Sie auch dort beschäftigt?"

Der schüttelte den Kopf. „Ich bin selbständiger Finanzberater. Mit meinem Vater in einer Firma zusammen zu arbeiten, konnte ich mir noch nie vorstellen. Ich glaube auch nicht, dass das gut gegangen wäre. Wir sind beide Alpha-Tiere. Wir hätten uns zu sehr aneinander gerieben."

Markus nickte. In vielen Fällen war es besser, Arbeit und Familie zu trennen. Es konnte auch gut gehen, zusammen zu arbeiten, aber da mussten viele Kompromisse eingegangen werden und nicht jeder war dazu bereit.

„Nun ja, die Firma bleibt ja auch so in der Familie."

Markus räusperte sich. „Gestern Abend haben sie alle mit Ihrem Vater -oder Schwiegervater - zusammengesessen, ist das richtig?"

Andreas von Rothenstein nickte. „Ja, wir haben zusammen Weihnachten gefeiert."

„Bis wann haben Sie alle zusammen gefeiert?" Sein Bleistift schwebte über seinem Notizbuch.

Andreas´ Blick schweifte in die Runde. „Bis zehn?" Die anderen nickten.

„Um zehn ist mein Vater gegangen. Er hat uns eine gute Nacht gewünscht und gesagt, dass er nochmal in sein Arbeitszimmer müsse."

„Was wollte er dort?" Markus zog die Brauen zusammen. „Ich meine, es ist Heiligabend, die Familie ist eingeladen und er verzieht sich in sein Arbeitszimmer?"

Andreas von Rothenstein zuckte die Schultern. „So war er schon immer. Wenn er eine Idee hatte, setzte er sie sofort in die Tat um. Was weiß ich, vielleicht hatte er eine neue Idee für die Firma."

Markus nickte. „Na gut. Und Sie saßen bis wann zusammen?"

Andreas von Rothenstein räusperte sich. „Ähm, meine Frau und ich gingen direkt nach meinem Vater zu Bett. Meine Frau versteht Deutsch nicht gut, wenn Leute schnell durcheinander sprechen. Diese Abende sind für sie sehr langweilig und deshalb wollte ich den gestrigen schnell beenden."

Gerd Wiemann schnaufte. „Na, auch schönen Dank."

„Das ist keine Kritik gegen jemanden von Euch, es eine Eigenart meiner Frau."

Markus mischte sich ein. „Ok, Herr Wiemann, wann sind Sie denn zu Bett gegangen? Sie haben ja dann nur noch mit Ihrer Frau und - wem noch? - zusammengesessen, stimmt´s?

„Ja". Gerd Wiemann nickte eifrig. „Das ist der jüngere Bruder meiner Frau, Dirk von Rothenstein. Meine Frau und ich sind gegen halb elf gegangen.

Dirk hatte schon zu viel getrunken, um sich noch unterhalten zu können. Da haben wir die Kerzen gelöscht und sind ins Bett gegangen."

Markus sah ihn konzentriert an. „Und in der halben Stunde, seit Ihr Schwager und seine Frau und Ihr Schwiegervater weg waren, haben Sie das Zimmer nicht verlassen?"

Herr Wiemann überlegte. „Doch, einmal kurz, um zur Toilette zu gehen."

„Die Toilette ist unten in der Eingangshalle?"

„Da gibt es auch eine." Gerd Wiemann wirkte verlegen. „Aber ich bin auf unser Zimmer gegangen. Bei Toiletten, die ich mit anderen Leuten teilen muss, bin ich eigen."

Markus nickte und notierte sich den Punkt. „Dann können Sie auch nicht sagen, ob Ihre Frau die ganze Zeit dort war?"

Herr Wiemann überlegte. „Als ich wiederkam, versuchte sie, auf Dirk einzureden. Und später ist sie in unser Zimmer gegangen, um ein Buch zu holen."

Jetzt ruckte Markus Kopf hoch. „Ach, wollte sie lesen?"

„Nein", Gerd Wiemann schüttelte den Kopf. „Wir hatten uns über Vögel unterhalten und sie wollte mir in einem Vogelbuch etwas zeigen."

Markus sah sich um. „Wir sind hier in einer Bibliothek. Kann es wirklich sein, dass es hier kein Vogelbuch gibt?"

Auf Gerd Wiemanns Gesicht malte sich Erstaunen.
„Aber wir waren doch gar nicht hier. Wir haben im
Wohnzimmer im ersten Stock gefeiert."

Markus räusperte sich. „Ach so. Nun, das müssen
wir uns dann auch noch anschauen."

Er betrachtete den letzten Mann, der in seinem Sessel
beinahe eingedöst war. Er war jünger, Ende zwanzig, Anfang dreißig, schätzte Markus. Und die
Corona-Zeit hatte ihn nicht dick werden lassen.
Seine lange, dünne Gestalt war wie eine Schlange
auf dem Sessel zusammengerollt. Er schien keine
Online-Meetings zu machen, denn er wirkte auch
oben nicht gepflegt, sondern sein braunes Zottelhaar
war weder gekämmt, noch schien es sich an eine Art
Frisur zu erinnern. Sein Gesicht hatte einen ungesun-
den Teint und wies schorfige Stellen auf. Er war
auch noch nicht angezogen, über seinen Schlafanzug
hatte er lediglich einen Morgenmantel geworfen.

„Und Sie sind Dirk von Rothenstein?" Markus
schaute den jungen Mann fragend an, der eine kleine
Weile brauchte, bis er merkte, dass er gemeint war.
Er entrollte die schlaksige Gestalt und schob sich in
eine sitzende Position.

„Hmm", nuschelte er. Mehr kam nicht.

„Und seit wann sind Sie hier?"

32

„Hä? Ich wohn hier.“

„Aha. Und arbeiten Sie in der Firma ihres Vaters oder sind sie woanders beschäftigt?“

Ein unverständiger Blick traf Markus. „Oder sind Sie selbständig?“

Dem Jungen musste man ja alles aus der Nase ziehen.

„Ne, ich wohn hier“, wiederholte er.

„Ja, das habe ich verstanden. Aber was arbeiten Sie?“

„Nichts. Ich muss nicht arbeiten. Wenn ich hier wohne brauch ich keine Miete und kein Essen zu bezahlen. Wozu soll ich dann arbeiten?“

„Naja, viele möchten ein Auto und sonst was haben“, warf Helena ein.

„Audi R8, hat mein Alter mir zum 18. Geburtstag geschenkt. Für Steuern und Versicherung kommt er auch auf. Benzingeld schnorre ich so nebenbei. Ich brauch nicht viel, bin nur ab und zu mal bei paar Kumpels.“

„Na gut, dann wissen wir Bescheid.“ Markus markierte seinen Eintrag mit einem fetten Ausrufezeichen. „Aber wir kommen nochmal darauf zurück.“

Markus hob einen Finger. „Können Sie uns sagen, ob Frau Wiemann den Raum verlassen hat, bevor sie das Buch holen ging?"

„Hä? Ach so, gestern Abend. Als Gerd weg war, hat sie die ganze Zeit auf mich eingeredet, dass ich mein Leben in die Hand nehmen soll. Nein, die war nicht weg. Leider nicht."

„Danke. Und wann sind Sie ins Bett gegangen?"

„Keine Ahnung. Ich bin aufgewacht, hab gesehen, dass keiner mehr da war und bin in mein Zimmer gegangen."

„Oh. Naja, vielleicht fällt Ihnen ja doch noch ein, wann ungefähr das gewesen sein könnte."

„Wie Sie meinen." Dirk von Rothenstein war bereits wieder dabei, seine eingerollte Position einzunehmen. Es stand zu befürchten, dass er diesmal fest einschlafen würde, was Markus aber nicht weiter interessierte.

„Und wer sind Sie?", fragte er die einzige Frau im Raum, die gerade an das Sofa gelehnt dasaß. Sie war klassisch schön, mit langen schwarzen Haaren und sehr schlank, aber nicht so dünn und schlaksig wie ihr Schwager Dirk.

„Ich bin Marla von Rothenstein, Andreas Frau." Der Akzent verriet die osteuropäische Herkunft, die ihre Schönheit schon vermuten ließ.

34

„Und Sie sind gestern mit ihrem Mann zusammen hier angekommen?"

Sie nickte. „Ja, wir waren so gegen 6 Uhr abends da, nicht?" Sie schaute ihren Mann an, der bestätigend nickte und erklärte: „Wir kommen aus Ascheberg. Das ist schon etwas weiter als Coesfeld."

Markus nickte. Er wusste, wo Ascheberg war. Er schätzte die Fahrtzeit auf 30-40 Minuten, je nachdem, wo sie in Ascheberg wohnten. Coesfeld war in 10 Minuten erreichbar.

„Ihr Vater und Schwiegervater ist heute Nacht in seinem Arbeitszimmer erstochen worden. Ist einem von Ihnen heute Nacht etwas aufgefallen? Ungewöhnliche Geräusche, oder etwas anderes?"

Markus blickte alle der Reihe nach eindringlich an.

Gerd Wiemann begann, unruhig hin und her zu rutschen. „Also, ich habe etwas gehört. Gegen eins oder so. Eine Tür klapperte. Da bin ich aufgestanden und habe nachgesehen. Dirk war im Flur und ging Richtung Haupthaus."

Als er seinen Namen hörte, schreckte Dirk von Hohenstein aus seinem Sessel hoch. „Was? Ja, ich war in der Küche. Meine Wasserflasche war leer. Und nach dem ganzen Alkohol am Abend hatte ich echt Brand."

Markus nickte. Das klang einleuchtend. Aber wahrscheinlich war es besser, sich die Zimmer anzusehen.

Er konnte sich von diesem großen Haus kein rechtes Bild machen.

„Gut. Wir schauen uns die Schlafzimmer später mal an. Die Todeszeit steht auch noch gar nicht fest. Aber einen Schrei oder so etwas hat niemand von Ihnen gehört?"

Einhelliges Kopfschütteln.

„Vielleicht sollten wir uns jetzt die Tür ansehen?" Helena ging aus dem Zimmer und Markus folgte ihr.

„Und, was denkst du?" Markus sah Helena an, nachdem sie die Tür zur Bibliothek geschlossen hatte.

Die zuckte die Schultern. „Der junge Mann kann durchaus Durst gehabt haben und zur Küche gegangen sein. Aber wir wissen noch gar nicht, ob ein Uhr die Todeszeit ist. Solange der Pathologe nichts dazu gesagt hat, ist unklar, ob die Aussage wichtig ist, oder nicht."

„Du hast Recht, es macht keinen Sinn, sich jetzt schon um Alibis zu kümmern. Aber wenn solche Sachen kommen, sollten wir sie gleich aufnehmen, wer weiß, ob derjenige sie wiederholt. Familien können komisch sein. Manchmal hängen sie einen von ihnen hin, dann wieder sind sie loyal."

„Auf was konzentrieren wir uns dann? Es ist Weihnachten. Die Rechtsmedizin in Münster braucht bestimmt lange über die Feiertage. Nach den Feiertagen ist nämlich Sonntag in diesem Jahr."

Markus nickte. „Ich weiß. Am besten wir nehmen uns erstmal die Motive vor. Was war der Alte von Rothenstein für ein Mann? War er beliebt? Wie stehen die Kinder zu einander? Ist es möglich, dass der Mörder von außen gekommen ist?"

Inzwischen hatten sie die Eingangshalle erreicht und traten ins Freie. Nach dem gedämpften Licht im Haus mussten sie die Augen zusammenkneifen, denn das Sonnenlicht, vom Schnee reflektiert, schien ihnen in die Augen.

„Wir müssen links rum gehen", meinte Helena und marschierte los. Markus folgte ihr.

„Helena, achte auf die Schuhabdrücke."

„Wieso, hier sind doch keine. Schau mal, im frischen Schnee kann man gut sehen, dass vor uns noch keiner gegangen ist."

„Genau das meine ich. Wenn an der Tür keine Schuhabdrücke zu sehen sind, dann ist hier auch nach dem Einsetzten des Schnees keiner vorbeigegangen. Dann brauchen wir nicht zu schauen, ob da vielleicht jemand eingebrochen ist."

Helena schaute zurück zur Haustür und zum Vorplatz. „Auch hier waren keine Schuhabdrücke zu sehen, als wir kamen. Mir ist noch durch den Kopf gegangen, wie schön es ist, durch eine unberührte Schneedecke zu laufen."

Inzwischen standen ein Leichenwagen und die Autos des Erkennungsdienstes auf dem Vorplatz.

„Es geht ja doch schneller als erwartet", murmelte Markus vor sich hin.

„Welche Eingänge gibt es noch?", wollte er von Helena wissen. „Wir sollten sie überprüfen, bevor der Schnee schmilzt."

„Ich habe doch gefragt. Es gibt sonst nur noch den Ausgang zum Garten von der Bibliothek aus. Und mir sind die Vogelspuren um das Vogelhaus herum aufgefallen. Wären dort Fußabdrücke gewesen, dann hätte ich das gesehen."

Inzwischen waren sie bei der Tür der Einliegerwohnung angekommen. Auch hier breitete sich die Schneedecke aus, allerdings hatte die Sonne begonnen, Löcher hinein zu schmelzen.

„Nein, hier war keiner", sagte Markus bestimmt. „Ein Fuß drückt den Schnee zusammen und wenn der Schnee schmilzt, bleibt der Abdruck länger erhalten als der Schnee drum herum."

„Ja. Es ist auch unwahrscheinlich, dass jemand, der den Hausherrn töten will, über die Wohnung der Haushälterin einsteigt. Gerade wenn es Nacht ist, muss er doch damit rechnen, dass sie etwas hört."

„Vorsicht!", mahnte Markus, „Wir wissen nicht, ob der Mord vor dem Schneefall schon passiert war, denn dann können uns alle Schuhabdrücke gestohlen bleiben. Und wenn der Täter am frühen Abend in die Einliegerwohnung eingedrungen ist, als er sicher sein konnte, dass Frau Herschenk bei der Feier beschäftigt sein würde, dann macht das schon Sinn. Auch ist denkbar, dass der Täter sich im Haus nicht auskennt und nicht wusste, dass das hier die Einliegerwohnung ist und einfach Glück gehabt hat, dass ihn keiner gehört hat."

Helena schaute ihn ratlos an. „Unterm Strich heißt das: Es ist zu früh für eine Theorie."

„Genau. Wir müssen die Leute der Familie einzeln vernehmen. Und Frau Wiemann haben wir noch gar nicht gesprochen. Wenn wir den Ablauf des Abends kennen, können wir den Todeszeitpunkt vielleicht weiter eingrenzen. Nachdem der letzte Gast ihn gesehen hat – das war um zehn - und bevor der Schneefall einsetzte. Oder so."

„Damit schließt du die Familie aus. Wenn der Täter jemand aus dem Haus war, dann ist der Schnee nämlich egal."

„Stimmt. Wir können also nur den frühestmöglichen Todeszeitpunkt bestimmen. Das ist kurz nach zehn, als Herr von Rothenstein in sein Arbeitszimmer gegangen ist. Für den spätesten brauchen wir die Gerichtsmedizin. Ich kann ausschließen, dass Frau Herschenk ihn erstochen hat, bevor sie uns dann direkt angerufen hat, denn die Leiche war kalt, als wir ankamen."

Helena strich sich die Haare zurück und hielt ihr Gesicht in die Sonne. Den Rentier-Mundschutz hatte sie hier draußen abgenommen. Markus betrachtete sie nachdenklich. „Wo ist eigentlich unser Pastor geblieben? Meinst du, er ist mit Frau Wiemann schon fertig?"

Helena schaute ihn an. „Ich denke, es ist nicht unser Pastor?"

„Ach, irgendwie gewöhnt man sich an ihn." Markus grinste.

„Schauen wir mal. Und wir müssen uns überlegen, in welcher Reihenfolge wir die Familie befragen. Teilen wir uns auf, oder machen wir das zusammen?"

„Wir bleiben zusammen, so viele sind das ja nicht. Zuerst würde ich Frau Wiemann befragen, die wir noch gar nicht kennen. Danach kann uns, denke ich, Frau Herschenk am besten den Abend beschreiben, denn sie war ja wohl eher außen vor."

„Ja, aber eben auch nicht immer dabei. Weihnachten ist ja ein Familienfest. Vielleicht hat sie auch eine eigene Familie und hatte gestern Abend frei."

„Das gilt es unbedingt zu ermitteln. Los, komm, die Arbeit ruft."

Mit einem Seufzen setzte Helena ihren Mundschutz wieder auf und eilte hinter Markus her zum Haus.

Kapitel 4

In einem Wohnzimmer im ersten Stock des Haupt-
hauses saßen Markus und Helena einer verweinten
Frau Wiemann gegenüber.

In einer Ecke stand noch ein Weihnachtsbaum, entsprechend kleiner als der in der Halle. Auch auf den
Regalen und Sideboards war alles festlich geschmückt und in den Fenstern hingen Sterne, die
matt leuchteten.

Das war also der Raum, in dem die Familie Heiligabend zusammensaß. Kleiner und gemütlicher als
die Bibliothek, fand Markus.

Auf dem Sofa saß, neben der schlanken Frau mit den
langen, blonden Haaren, Nils Abwild. Frau Wiemann hatte gebeten, dass er bei dem Gespräch dabeibleiben dürfe, was Markus ihr nicht hatte abschla-
gen wollen. Schon erstaunlich, dachte er, wie der
Pastor alle dazu brachte, ihn an den Ermittlungen
teilnehmen zu lassen. Aber vielleicht ist er Frau Wiemann wirklich eine Stütze.

„Frau Wiemann, zunächst einmal unser Mitgefühl
zum Tode Ihres Vaters. Können Sie uns ein paar Fragen beantworten?"

Sie schluchzte, nickte aber.

Helena hielt ihre Fragen bewusst emotionslos, um
nicht den nächsten Wasserfall hervorzurufen. „Und
Sie sind, wenn ich das richtig verstanden habe, die

Tochter von Herrn von Rothenstein und die Frau von Gerd Wiemann, stimmt´s?"

„Ja, das stimmt." Sie schniefte nur und ergriff die Hand von Pastor Abwild, der sie leicht tätschelte.

Helena schaute auf ihr Tablet, auf dem sie sich Notizen gemacht hatte. „Sie sind mit ihrem Mann wann hier angekommen?"

„Ich weiß nicht genau. Irgendwann nachmittags."

Jetzt mischte sich Markus ein. „Frau Wiemann, Ihr Vater hatte eine Firma, Rothenstein-Productions, ist das korrekt?"

Ein Nicken.

„Und Ihr Mann ist Geschäftsführer in dieser Firma?"

Wieder nickte sie.

„Aber Ihre Brüder arbeiten nicht dort?"

„Mein Vater hätte es gerne gesehen, wenn die ganze Familie dort zusammengewirkt hätte, aber meine Brüder wollten das nicht."

„Und Sie? Was tun Sie dort?"

„Ich?" Der Blick aus ihren Augen war konsterniert. „Ich bin nicht berufstätig. Meinem Vater war es wichtig, dass ich Gerd heirate und ihm eine gute Ehefrau bin, damit er den Rücken frei hat für die Firma."

Jetzt konnte Helena nicht an sich halten. „Ihrem Vater war es wichtig, dass Sie Gerd Wiemann heiraten?"

Ein überraschter Ausdruck zeigte sich auf Frau Wiemanns Gesicht. „Natürlich. Er sollte ja der Geschäftsführer werden."

„Aber was wollten Sie denn?"

„Nun ja, Gerd ist um einiges älter als ich, und ich bin mir nicht sicher, ob er mich mag, aber mein Vater wollte immer nur das Beste für mich. Und ich brauche nicht zu arbeiten, wohne in einem schönen Haus und habe alles, was ich brauche."

„Nun ja, aber die meisten Frauen möchten sich doch ihren Ehepartner gern selber aussuchen. Ist Ihnen nie der Gedanke gekommen, Sie könnten auch einen Mann finden, der sie liebt?"

„Ach, vielleicht, aber Liebe vergeht, wissen Sie. Und wenn man sich die Scheidungsraten anschaut, dann glaube ich nicht, dass es besser ist, wenn man selber den Partner wählt. Mein Vater ist -oh nein, war – ein so schlauer Mensch. Er hat für mich das getan, was er für das Beste hielt. Und ich kannte ja auch kaum Männer, die ich hätte heiraten können."

Helena hatte es nun die Sprache verschlagen. Aber Markus kam wieder auf die Vernehmung zurück. „Können Sie mir erzählen, wie der Abend gestern Abend verlaufen ist? Sie kamen an und dann?"

„Nun, wir haben mit Vater Kaffee getrunken. Frau Herscheid backt so wundervolle Kuchen. Irgendwann vor dem Abendessen kamen Andreas und Marla. Wir haben uns unterhalten. Zum Abendessen kam Dirk dazu."

„Gab es Streit zu irgendeinem Zeitpunkt?" Markus hielt den Stift über seinem Notizbuch gezückt.

„Ach Streit." Frau Wiemann winkte ab. „Wenn mein Vater und Andreas aufeinandertreffen gibt es immer – Reibereien. Und wenn Dirk dabei ist, gibt es unschöne Kommentare. Aber das ist in unserer Familie nichts Außergewöhnliches."

„Ihr Vater hat sich mit seinen Söhnen nicht so gut verstanden?"

„Ach, Andreas macht einfach nicht, was Vater ihm sagt – also sagte -, dabei meinte Vater es doch nur gut, so wie bei mir. Und ich weiß nicht, aber ich glaube, Andreas ist nicht so erfolgreich, wie er es gern wäre. Und Dirk? Ich glaube nicht, dass Vater es gern gesehen hat, wie er in den Tag hineinlebt. Aber er hat ihn unterstützt. Schließlich hätte er ihn ja auch rauswerfen können."

Helena nickte. „Gut. Wie ist der Abend weiter verlaufen?"

Frau Wiemann räusperte sich. „Gegen halb Acht gab es ein festliches Abendessen. Frau Herscheid hat bei Tisch bedient. Dann haben wir uns ins Wohnzimmer zurückgezogen und haben noch ein Glas Wein getrunken. Als Frau Herscheid in der Küche fertig war, gab es die Bescherung."

„Ach, Frau Herscheid war dabei?" Helena war erstaunt.

Aber Frau Wiemann nickte. „Sie gehörte doch so gut wie zur Familie. Außerdem meinte Vater, die Familie streitet sich in ihrer Gegenwart nicht so sehr. Aber das stimmt nicht."

Markus mischte sich wieder ein. „Wie spät war es da ungefähr?"

„Hm, das Essen dauerte schon über eine Stunde, so bis kurz vor neun, würde ich sagen. Bis Frau Herscheid in der Küche fertig war nochmal eine halbe Stunde. Es muss etwa halb zehn gewesen sein. Dann gab es Geschenke und gegen zehn ist mein Vater in sein Arbeitszimmer gegangen. Er wollte unbedingt noch etwas vorbereiten, aber ich weiß nicht, was es war."

Markus blickte sie an. „Aber ich denke, er hatte sich aus dem Geschäft zurückgezogen."

Frau Wiemann zog die Brauen hoch. „Was? Nein. Mein Mann war Geschäftsführer, aber mein Vater hat ihn kontrolliert. Er wollte sicher sein, dass die Firma in seinem Sinn weitergeführt wird."

Jetzt hoben sich bei beiden Kommissaren die Brauen.

Kapitel 5

„Kann ich bei der Vernehmung von Frau Herscheid auch dabeibleiben?" Die dunkelblauen Augen schauten bittend zu Helena.

Aber jetzt mischte sich Markus ein. „Nein, sie haben genug mitbekommen, eigentlich schon viel zu viel. Das ist hier kein Party-Spiel, bei dem jeder mitmachen kann. Mord ist ernst."

Bei diesen Worten hatte sich Nils Abwild Markus zugewandt. Seine Züge wirkten nicht mehr so jugendlich, sondern sehr verantwortungsvoll. „Ich weiß. Und deswegen möchte ich Ihnen helfen. Ich habe bei meinem Gespräch mit Frau Wiemann auch einiges herausgefunden. Natürlich unterliegt das der Schweigepflicht. Andererseits geht es um Mord und es sind Dinge, die Sie sicher auch herausfinden werden. Aber das dürfte gerade über die Feiertage dauern. Und Sie haben die Zeit nicht, stimmt's?"

Markus schwieg. Mit solch einer Ernsthaftigkeit hatte er nicht gerechnet. Er hatte angenommen, dass dem Pastor langweilig war und er ein bisschen Kommissar spielen wollte. „Nun gut", sagte er bedächtig, „aber wir können Sie nicht in die Vernehmungen mitnehmen. Ein anderer Vorschlag: Wir treffen uns um – sagen wir 14 Uhr – in der Polizeiwache. Dort bringen wir uns gegenseitig auf den neuesten Stand. Wir lassen Sie wissen, wo wir stehen und Sie sagen uns, was Sie wissen. Aber vergessen Sie nicht, dass Sie nichts nach außen tragen dürfen. Ich gehe mal davon aus, dass Sie Ihre Schweigepflicht nur in diesem Fall gegenüber der Polizei nicht so genau nehmen, weil es sich um Mord handelt." Er blickte den Pastor strafend an.

Der hielt dem Blick stand. „Nein, ich sage es Ihnen, weil es nichts Persönliches über Frau Wiemann ist. Und weil Sie es leicht selber herausfinden können, wenn Sie danach suchen und wenn nicht Weihnachten wäre."

Markus nickte. Das gefiel ihm schon besser. „Ist das auch für dich ok?", wandte er sich an seine Kollegin. Die nickte mit glänzenden Augen. Auch das noch. Helena hatte sich in den Pastor verguckt.

Markus und Helena saßen in der großen Küche des Hauses am Tisch, jeder eine Tasse Kaffee vor sich und einen üppigen Plätzchenteller auf dem Tisch. Frau Herscheid hatte sich kurz entschuldigt und den Raum verlassen. „Dürfen wir das überhaupt?" Helena zog die Augenbrauen hoch.

„Was? Plätzchen essen und Kaffee trinken während wir eine Befragung durchführen? Nein, natürlich nicht, wir müssen ja unsere Masken abnehmen." Markus zuckte mit den Schultern. „Aber ich hatte noch kein Frühstück!"

Die Haushälterin kam zurück und setzte sich zu den Kommissaren.

Helena setzte sich aufrechter hin. „Das ist lieb gemeint, aber wir…"

Markus unterbrach sie. „Wegen der Corona-Auflagen müssen wir auf den Abstand achten. Wenn wir jetzt gleich die Masken abnehmen, müssen Sie mindestens 1,5 Meter Abstand zu uns haben. Dürfen wir Sie bitten, sich an das andere Ende des Tisches zu setzen?"

Zunächst schaute die Frau sie konsterniert an, aber nickte sie und setzte sich mit ihrer Kaffeetasse weiter weg. „Entschuldigen Sie bitte, daran habe ich nicht gedacht." Markus winkte ab. „Frau Herscheid, bitte erzählen Sie uns doch, was sich gestern hier ereignet hat. Ab dem Nachmittag, als die Gäste ankamen."

Sybille Herscheid betupfte sich mit einem großen Taschentuch die Augen.

„Wir hatten uns schon Sorgen gemacht, ob wir dieses Jahr überhaupt Weihnachten in der gewohnten Art und Weise feiern können, wegen der Kontaktbeschränkungen, Sie wissen schon."

Markus und Helena nickten. Die steigenden Fallzahlen der weltweiten Covid-19-Pandemie hatten zu einem harten Lock-down zum Ende des Jahres geführt, mit Schließung von Geschäften und Schulen, nachdem Restaurants und anderes bereits seit November geschlossen hatten. Bis vor einigen Tagen war noch nicht ganz klar gewesen, wie viele Leute sich an den Feiertagen privat treffen durften. Man hatte sich schließlich darauf geeinigt, dass ein Haushalt plus maximal vier Leute zusammenkommen konnten. Das war hier der Fall.

„Nun ja, Herr von Rothenstein hatte sich jedenfalls sehr gefreut, als es mit der Feier doch noch klappte und hat alle gebeten, schon früh zu kommen. Frau Nicole kam mit Ihrem Mann auch schon um vier Uhr nachmittags, aber Herr Andreas erst um sechs Uhr abends. Das hatte ihn geärgert. Und Herr Dirk tauchte erst zum Abendessen auf, aber ich glaube, von ihm hatte er nichts anderes erwartet."

Hier hakte Helena ein: „Hat er sich oft über Dirk von Rothenstein geärgert?"

Sybille Herscheid nickte eifrig. „Ja, es wurde ja nichts aus ihm. Er selbst hatte eine Firma aufgebaut, Arbeitsplätze geschaffen und war ein angesehener Mann. Und Dirk? Der hatte noch nicht mal den Antrieb, irgendeine Ausbildung zu machen."

Helena beugte sich näher zu ihr. „Aber das Auto und den Unterhalt hat er ihm geschenkt?"

Frau Herscheid lehnte sich in ihren Stuhl zurück. „Damals, als er achtzehn wurde, dachte Herr von Rothenstein noch, dass es den Jungen motivieren würde, sich sein nächstes Auto selbst zu verdienen, dass es aber auch so neu und toll sein sollte. Aber der Schuss ging nach hinten los. Keine Ausbildung, kein Studium, nicht mal einen Schulabschluss hat der Junge. Im neuen Jahr wollte Herr von Rothenstein die Zügel fester anziehen."

Markus stützte die Arme auf die Tischplatte. „Ach ja, und wie?"

Die Haushälterin zuckte die Schultern. „Er hätte ihm die Zahlungen für das Auto gestrichen. Das wäre das Wirkungsvollste gewesen. Danach das Taschengeld und wenn alles nichts genutzt hätte, hätte er ihn rausgeworfen."

Die beiden Kommissare schwiegen. „Nun ja", meinte Helena, „das sind drastische Maßnahmen. Wusste Dirk davon?"

Sybille Herscheid wiegte den Kopf hin und her. „Das glaube ich nicht. Soweit ich ihn verstanden habe, wollte er erst nach Silvester mit ihm sprechen. Andererseits – Herr Dirk wohnt im Haus – vielleicht hat er das Gespräch von Herrn von Rothenstein und mir mit angehört. Womöglich hat er auch mit anderen davon gesprochen und Herr Dirk hat es gehört. Vielleicht hat er ihm in einem unbedachten Moment doch schon damit gedroht. Ausschließen kann ich das nicht."

„Gut!" Kommissar Steiner machte sich einige Notizen. „Zurück zum gestrigen Tag. Was passierte, als alle da waren?"

„Nun, um halb acht trug ich das Abendessen auf. Die Stimmung war – frostig. Als ich wieder gegangen war, stritten sie. Über was, konnte ich nicht

50

verstehen. Anschließend räumte ich ab, räumte die Spülmaschine ein und wusch ab, was nicht in die Maschine darf. Dann ging ich wieder zur Familie, weil ich zur Bescherung eingeladen war."

Sie überlegte kurz. „Da hatte sich die Stimmung gebessert. Aber Herr von Rothenstein war sehr ruhig, als ob er über etwas nachgrübelte. Ja, das ist mir aufgefallen. Um zehn ist Herr von Rothenstein in sein Arbeitszimmer gegangen und ich habe ihm einen Brandy gebracht. Danach bin ich nochmal in die Küche gegangen. Die Gläser spüle ich immer mit der Hand. Ich habe mir noch eine Tasse Tee gemacht, damit ich besser einschlafe und dann war auch die Spülmaschine fertig. Die habe ich auch noch ausgeräumt. Ich mag es nicht, wenn ich morgens in die Küche komme und es herrscht so eine Unordnung. Anschließend bin ich in meine Wohnung gegangen.

„Gut. Was haben Sie dort gemacht?"

„Mein Sohn war gerade gekommen. Er wohnt eigentlich in der Stadt und arbeitet in einer Gärtnerei, aber er ist oft hier, weil er sich auch um die Gärten des Schlösschens kümmert. Und Weihnachten wollte er mit mir verbringen."

„Ist er noch da?", wollte Helena wissen,

„Nein." Frau Herscheids Gesicht nahm einen enttäuschten Ausdruck an. „Als ich ihn weckte, gleich nachdem Sie gekommen waren, ist er in seine

Wohnung gefahren. Er wollte nicht stören, hat er gemeint."

„So, na egal, geben Sie uns bitte seine Adresse und die Telefonnummer. Vielleicht ist ihm beim Nachhause Kommen etwas aufgefallen."

„Ja, das mache ich."

Kapitel 6

Markus Steiger ruckte an der Höheneinstellung seines Schreibtischstuhls. Dann drehte er an dem Knopf für die Rückenstärke, aber es half alles nichts. Dieser Bürostuhl fühlte sich einfach nicht so passend an, wie seiner in Münster. Sein Handy klingelte. Ein Blick auf das Display verriet ihm: privat. Seine Frau oder seine Kinder. Er nahm das Gespräch an. „Hallo?"

„Papa, frohe Weihnachten!" Zwei Kinderstimmen schallten aus dem Gerät.

„Frohe Weihnachten, ihre Mäuse! Geht es euch gut?"

„Ja, wir haben gaaaanz viel zu Weihnachten bekommen. Und heute waren wir im Gottesdienst, es gab drei, wegen dem Abstand. Warst Du auch im Gottesdienst?"

„Ich wäre gern gegangen, aber ich musste ganz überraschend arbeiten. Du weißt doch, wie das manchmal ist."

Die Stimme seiner Frau zischte dazwischen. „Da kann ich ja von Glück sagen, dass ich mich nicht habe breittreten lassen und dir heute die Kinder überlassen. Du hättest sie wohl alleine in der Wohnung sitzen lassen, oder was?"

„Dann hätte ich nicht arbeiten müssen, weil ich als Familienvater nicht auf der Bereitschaftsliste gestanden hätte. Fang nicht wieder an zu streiten, Susanne."

„Tu ich ja gar nicht. Mir ist nur wichtig, dass du einsiehst, dass die Kinder es bei Stefan und mir besser haben, als bei dir alleine. Und das Kindeswohl steht ja immer an erster Stelle." Ihre Stimme hatte einen triumphierenden Unterton.

Markus atmete tief durch. Er wollte sich nicht provozieren lassen, aber von seinem Standpunkt würde er nicht abrücken. „Nein, Susanne, damit kommst du nicht durch. Die Kinder brauchen ihren Vater und der bin ich. Und für das, was du hier an Weihnachten mit uns machst, werde ich Schadensersatz fordern, zur Not vor Gericht. Tschüss!"

Er legte auf. Sein Puls raste. Erst nahm sie ihm die Kinder weg, erwirkte ein Kontaktverbot für die Prüfungsphase, auch über Weihnachten, und dann rieb sie ihm noch unter die Nase, dass es für die Kinder das Beste sei. Am liebsten wäre ihm, wenn sich herausstellte, dass dieser Stefan etwas auf dem Kerbholz hatte. Er hatte eine Überprüfung von dem neuen Mann seiner Ex-Frau veranlasst, aber es war nichts dabei herausgekommen.

Egal, er musste sich beruhigen, so konnte er nicht in das Gespräch mit Pastor Abwild gehen. Sein Blick schweifte aus dem Fenster im ersten Stockwerk und strich über geschlossene Läden und leere Einkaufsstraßen. Weihnachten. Nein, er wollte nicht an Weihnachten denken. Lieber beschäftigte er sich mit dem

Mord. Gab es einen Favoriten? Nein, dafür war es zu früh. Aber eines der Kinder war es gewesen, das wäre zumindest sein Tipp.

Sein Blick fiel auf einen Mann, der sich der Polizeiwache näherte. Nils Abwild kam. „Helena? Hast Du Kaffee aufgesetzt? Dein Pastor kommt."

Helena schaute in ihr gemeinsames Büro. Ihr Gesicht war knallrot. „Was soll das? Er ist nicht mein Pastor!", zischte sie ihm zu.

Markus grinste. Sie hatte die Jeans und den Weihnachtspulli mit dem Rentier von heute Morgen gegen ein Kleid getauscht und wenn er sich nicht irrte, war in ihrer Hand eine Plätzchendose gewesen, als sie vor einer halben Stunde im Büro aufgetaucht war. Nun gut, ein Pastor der Freien Gemeinde würde sich nicht auf eine Liaison mit einer Atheistin einlassen, und wenn sie sich noch so herausputzte.

Nils Abwild brauchte keinen Schutz von ihm. Aber er könnte ihn mal nach seiner Gemeinde ausfragen, er suchte ja eine neue geistliche Heimat. Und in dieser erzkatholischen Gegend waren freikirchliche Gemeinden eine Rarität. Wenn er also nicht jeden Sonntag und zu jeder Veranstaltung nach Münster fahren wollte, sollte er in diese Gemeinde gehen. Eigentlich erstaunlich, dass die Gemeinde so groß war, dass sie sich zwei Pastoren leisten konnte. Nun ja, er würde sich überraschen lassen.

„Kommen Sie, wir gehen ins Konferenzzimmer, da ist es gemütlicher", hörte er Helena auf dem Flur. Ah, er war also da. „Ich hole nur schnell eine Kanne Kaffee."

Markus schnappte sich sein Notizbuch und eilte zwei Türen weiter ins Besprechungszimmer. Dort war der längliche Tisch an einem Ende mit Tassen und Kuchentellern, Servietten und Kerzen gedeckt. Auf einer Platte waren Plätzchen und Muffins angerichtet. Zwei Gedecke auf der einen Seite, eines drei Plätze weiter. Ah, der Abstand ist eingehalten, dachte Markus.

Irgendwie konnte er sich trotzdem nicht vorstellen, dass die Besprechungen auf dieser Polizeistelle immer so abliefen.

„So, der Kaffee kommt." Helena schwebte in den Raum. „Oder möchte jemand lieber Tee?" Besorgt schaute sie Nils Abwild an.

„Nein, nein, Kaffee ist in Ordnung", beeilte sich der Pastor, sie zu beruhigen.

„Nimmt jemand Zucker oder Milch?" Helena schaute sich auf dem Tisch um. „Ich hole eben…"

„Nein, setz dich. Ich hole die Sachen." Markus stand auf.

„Also für mich nicht." Nils schüttelte bei diesen Worten den Kopf.

„Gut, wir beide trinken ihn auch schwarz." Markus setzte sich wieder. „Vielleicht können wir dann anfangen, je eher kommen wir alle wieder nach Hause." Irritiert schaute er zu Helena, die immer noch stand und in ihrer Tasche kramte.

„Moment, ich muss noch…" Sie holte ein Päckchen Streichhölzer aus dem Inneren der Tasche und entzündete die Kerzen auf dem Tisch. Während sie sich setzte strahlte sie die beiden Männer an. „Wenn wir schon an Weihnachten arbeiten müssen, können wir es uns auch gemütlich machen."

„Ja, das ist eine gute Idee." Pastor Abwild zeigte wieder das Händereiben. „Ich bete dann zu Beginn." Markus verkniff sich ein Grinsen, als er den überraschten Ausdruck auf Helenas Gesicht sah. Guter Zug, so wusste sie gleich, wo sie dran war.

„Vater, wir feiern heute den Tag deiner Geburt, als du deinen Heilsplan für uns Menschen in die Tat umgesetzt hast. Wir danken dir herzlich für deine Liebe zu uns Menschen, für diese wunderbaren Köstlichkeiten, die jetzt vor uns stehen und wir bitten dich, dass Du unsere Gedanken lenkst, damit wir den Mord aufklären können. Amen."

„Amen", kam es von Markus.

„Wer möchte einen Muffin? Die sind ganz frisch." Helena wollte zum Kaffeetrinken übergehen.

Markus griff zu. Tatsächlich, die waren sogar noch etwas warm. Helena musste sie noch gebacken haben, als sie zu Hause war.

Pastor Abwild war begeistert. „Sie ahnen gar nicht, wie es für einen alleinstehenden Mann ist, so verwöhnt zu werden."

Helena lächelte geschmeichelt. „Ach, Sie werden bestimmt oft eingeladen."

Während er kaute, nickte er. „Ja, das stimmt. Und obwohl ich für die Jugend zuständig bin, die noch nicht so viel Zeit und Interesse zum Backen haben, laden mich die anderen Gemeindemitglieder auch oft ein oder bringen mir etwas zum Essen vorbei, was ich nur warm machen muss. Das ist toll. Aber gerade an den Feiertagen haben alle mit sich selbst zu tun und mit ihrer Familie. Die Alten sind schon oft einsam, aber sie treffen sich lieber untereinander, als ausgerechnet den Jugendpastor einzuladen. Gerade jetzt, wo man wegen der Kontaktbeschränkungen nur enge Familienmitglieder einladen darf, ist es einsam. Da freue ich mich besonders über einen so liebevoll gedeckten Kaffeetisch. Zumal ganz unerwartet."

Pastor Abwild biss wieder in seinen Muffin. Markus war jetzt froh, dass er den Pastor nicht abgewiesen hatte, Vorschriften hin oder her. Der Mann hatte vor Weihnachten viel zu tun gehabt, aber mit der Christmette am 24. 12. war dann Schluss gewesen. Vermutlich bis zum Ende des Jahres. Und er war offensichtlich hier alleine, und konnte auch nicht einfach jemanden besuchen, weil die Covid-19-Beschränkungen das nicht zuließen.

„Haben Sie keine Eltern oder Geschwister? Jemanden, wo Sie über die Feiertage hinfahren könnten?"

„Ich bin Einzelkind. Meine Eltern leben in Hamburg in einem Altersheim. Besuch ist dort im Moment nicht gestattet, zumal die beiden ja nicht alleine sind. Dieses Jahr ist das alles etwas schwierig."

Markus nickte. Helena knabberte an einem Weihnachtsplätzchen, ganz versunken in den Anblick von Nils Abwild. Vermutlich sah sie sich gerade als Pastorenfrau, die der Jugendgruppe Kaffee und Plätzchen servierte. Höchste Zeit für ein Update.

„So, dann fangen wir mal an. Helena, möchtest du?"

„Hm?" Sie fuhr hoch and starrte ihn an.

„Mit einer Zusammenfassung unserer bisherigen Ermittlungen beginnen."

„Ähm, ja. Aber vielleicht noch eins vorweg. Markus und ich duzen uns, weil wir Partner sind. Also im Dienst, nicht privat, meine ich jetzt. Und ich fände es schön, wenn wir alle „du" sagen würden. Oder? Markus?"

„Ja klar. Ich bin Markus."

„Nils." Er grinste. „Aber Brüderschaft müssen wir jetzt nicht mit den Kaffeetassen trinken oder?"

Alle lachten und Helena begann mit ihrer Zusammenfassung.

„Das ist interessant", meinte Nils, als sie fertig war. „Nicole Wiemann hat mir einiges erzählt, was dagegensteht. Erstmal zu ihrer Person. Mir ist aufgefallen, dass sie offensichtlich sehr an ihrem Vater hing."

Helena nickte. „Warum auch immer. Er hat sie in eine Ehe gedrängt, mit einem Mann, der ihm passte, sie aber nicht liebte."

„Ja, da war wohl auch des Öfteren Ehebruch im Spiel, was ihr Vater aber jedes Mal beendet hat."

„Von seiner Seite oder von Frau Wiemann aus?"

„Nein, immer von Herrn Wiemann aus. Sie war wohl auch nicht seine große Liebe."

„Na gut, aber das ist kein Mordmotiv. Was hat sie noch gesagt?"

„Ihr Bruder Andreas ist zwar selbstständiger Finanzberater, aber er ist pleite. Er wollte seinen Vater an diesem Wochenende um Geld bitten."

Markus pfiff leise durch die Zähne. „Wenn Vater Rothenstein „nein" gesagt hat, wäre das ein starkes Mordmotiv."

„Ja, oder wenn er bei Gesprächen herausgehört hat, dass er ein solches Ansinnen ablehnen würde." Helena krümelte mit einem Muffin auf ihrem Teller.

Nils nickte. „Es wäre auch nicht das erste Mal gewesen. Er hat schon öfter eine Finanzspritze bekommen und der Vater soll gesagt haben, dass er es leid sei, seine Söhne durchzufüttern."

Jetzt nickte Markus. „Über Dirk hat uns das schon Frau Herscheid berichtet. Wenn er ihm ernste Konsequenzen angedroht hat, dann sicher auch Andreas. Aber wussten die beiden davon? Das ist wichtig."

Nils schaute von Helena zu Markus. „Ihr geht also fest davon aus, dass es einer aus dem Haushalt war? Jemand von außen kommt nicht infrage?"

„Dazu wissen wir einfach zu wenig. Hätte denn jemand von außen ein Motiv? Was ist mit der Firma? Was stellen die überhaupt her? Ergibt sich da irgendwas? Das sollten wir uns als Nächstes drum kümmern. Bis die Rechtsmedizin mit dem Todeszeitpunkt rüberkommt, macht es keinen Sinn, Alibis zu überprüfen." Markus fuhr sich mit den Fingern in die Haare. Er konnte es kaum ertragen, wenn er nicht richtig wusste, wie er vorgehen sollte.

„Und wir müssen die Vernehmungen weiterführen", mischte sich Helena in seine Gedanken. „Damit machen wir am besten morgen weiter."

„Gut, dann beenden wir unsere Sitzung heute. Morgen können wir dich nicht mitnehmen, aber wir rufen an und treffen uns wieder hier, wenn wir durch sind, ok?" Markus sah Nils fragend an. Der rieb sich wieder die Hände. „Gut", stimmte er zu. „Und herzlichen Dank für das Weihnachtskaffeetrinken. Das war eine sehr gute Idee", fügte an Helena gewandt hinzu.

„Sehr gerne!" Sie errötete. Mit einem Nicken stand Nils auf und verließ das Besprechungszimmer.

Kapitel 7

Helena holte Markus am nächsten Morgen mit dem Dienstwagen ab. Sie war bester Laune, aber der Kollege zeigte sich noch sehr wortkarg und so fuhren sie schweigend wieder zum Wasserschlösschen von Herrn von Rothenstein.

Kurz vor der Einfahrt zur Brücke brach Helena das Schweigen.

„Du hast gestern gesagt, dass es für Frau Wiemann kein Mordmotiv ist, wenn ihr Mann sie betrügt, Ich habe mir das durch den Kopf gehen lassen. Was, wenn sie inzwischen erkannt hat, dass ihr Vater ihr Dinge vorschreibt, die zwar nicht zu ihrem, dafür aber zu seinem Besten sind und wenn sie darüber sehr wütend geworden ist und ihrem Vater Vorwürfe macht? Kann man das wirklich ausschließen?"

Markus schaute sie an. „Du hast Recht. In dem Fall wäre das ein Motiv. Aber hat sie das erkannt? Gestern bei unserem Gespräch klang das für mich nicht so. Nun, vielleicht hat sie sich verstellt. Aber warum ausgerechnet an Weihnachten?"

„Das war kein geplanter Mord. Er ist mit jemandem in Streit geraten, den er kannte."

„Das sehe ich auch so. Sonst hätte er ihm nicht den Rücken zugedreht."

Helena nickte. „Der Mörder war wütend, hat den Brieföffner genommen und ihm in den Rücken gerammt. Die Spusi hat Frau Herscheid gefragt, der Brieföffner gehörte Herrn von Rothenstein. Es war also kein Vorsatz, sondern ein Mord im Affekt."

„Also gut", meinte Markus, „Frau Wiemann lassen wir nicht aus dem Kreis der Verdächtigen. Aber ehrlich gesagt, ich halte das Motiv der Söhne für stärker."

Inzwischen waren Sie auf dem Vorplatz angekommen und parkten den Wagen.

„Wen wollen wir zuerst sprechen?"

„Andreas von Rothenstein. Ich möchte wissen, ob er seine finanziellen Schwierigkeiten vor uns verheimlicht."

Helena nickte bekräftigend.

„Herr von Rothenstein, Sie haben uns den Ablauf des 24. ja bereits geschildert. Wir möchten gerne etwas über Ihre Situation erfahren. Wo leben Sie, was machen Sie, haben Sie Probleme?"

Sie saßen zu dritt wieder in der Bibliothek. Andreas von Rothenstein war wieder elegant und teuer gekleidet.

„Nun, ich habe Ihnen ja bereits gesagt, dass ich mit meiner Frau in Ascheberg lebe und Finanzberater bin. Was wollen Sie noch wissen?"

„Wie leben Sie dort? Haus oder Wohnung? Wie geht es Ihnen finanziell?"

„Ich habe ein Haus, Einfamilienhaus, freistehend, wobei ich mir nicht vorstellen kann, wie Ihnen diese Angaben helfen sollen, den Mörder meines Vaters zu finden."

„Wir müssen uns ein Bild von der ganzen Struktur um das Opfer herum machen, das gehört dazu. Wir stellen den anderen Mitgliedern der Familie die gleichen Fragen. Wie sieht es finanziell bei Ihnen aus?"

„Nun", er räusperte sich, „die Corona Krise hat die gesamte Wirtschaft in Schwierigkeiten gebracht. Wie man sich vorstellen kann, ist auch die Finanzbranche davon betroffen."

„Wieso? Ich denke, der Staat braucht Geld, um die Unterstützungshilfen gewähren zu können. Da müsste es doch gerade für Finanzberater viel zu tun geben."

„Das betrifft die Banken und die großen Geldgeber. Ich habe mich auf den Privatkundenbereich spezialisiert. Die kleinen Leute, die ihr Erspartes anlegen wollen. Seit es bei den Banken so gut wie nichts mehr dafür gibt, läuft das ganz gut. Es sind auch kleine Betriebe dabei, die ihre Rücklagen bei mir angelegt haben, aber die brauchen ihr Geld jetzt. Auch Kunden, die in Kurzarbeit geschickt wurden, holen ihr Erspartes, um ihre regelmäßigen Kosten bestreiten zu können. Das wirkt sich natürlich auch auf mich aus. Meine Marge fällt weg, ich habe kaum noch Gelder, mit denen ich arbeiten kann."

Helena wollte wieder etwas sagen, aber ein scharfer Blick von Markus brachte sie zum Schweigen.

„Herr von Rothenstein, wir haben verstanden, dass die Lage nicht selbstverschuldet ist. Aber wie geht es Ihnen denn nun genau?"

„Zurzeit müsste ich sagen, ich bin bankrott. Aber die Zeiten ändern sich wieder und ich bin sicher, dass ich wieder auf die Beine komme."

„Das hört sich doch gut an. Haben Sie sich überlegt, wie Sie bis dahin über die Runden kommen? Arbeitet Ihre Frau mit?"

„Marla? Nein, Sie hat seit unserer Hochzeit nicht mehr gearbeitet."

„Oh. Was dann? Wollen Sie ihr Haus beleihen?"

Andreas von Rothenstein lief rot an und er blickte am Kommissar vorbei aus dem Fenster. „Nein, das geht nicht. Ich hatte vor, meinen Vater um einen Kredit zu bitten."

„Aha. Aber er hat „nein" gesagt?"

Herr von Rothenstein war konsterniert. „Ähm, ich hatte keine Gelegenheit mehr, ihn zu fragen."

„Haben Sie mitbekommen, wie sich Ihr Vater zu Ihrem Bruder gestellt hat? Der hatte ja auch eine große Unterstützungsnachfrage."

Jetzt lief Herr von Rothenstein knallrot an und er polterte los. „Das können Sie doch nicht vergleichen. Mein Bruder hat überhaupt nicht gearbeitet, er hat noch nicht einmal einen Beruf erlernt. Er hat sich durchfüttern lassen und was er sonst noch brauchte von Vater zusammengebettelt. Gut, ich habe einen finanziellen Engpass, aber ich arbeite, und lasse mir nicht mein Leben finanzieren."

„Gut, der Unterschied ist klar. Aber wissen Sie, was Ihr Vater wegen Dirk unternehmen wollte?"

„Nein, und es ist mir auch egal. Der kleine Schmarotzer wird schon irgendwann auf die Nase fallen und merken, dass er ohne Arbeit nicht weiterkommt."

Helena erhob sich. „Danke, Herr von Rothenstein, das war es auch schon. Wir würden uns gerne den Gästeflügel anschauen. Können wir das in ihren Räumen tun?"

Auch Markus und Andreas von Rothenstein standen auf. „Sicher, aber es ist kein richtiger Gästeflügel. Dirk wohnt auch dort und der ist kein Gast. Aber die Zimmer auf diesem Flur haben alle ein eigenes Bad und sind wie Gästezimmer eingerichtet."

„Wenn wir uns ihr Zimmer mal anschauen dürften? Ich denke mal, die Zimmer sind alle ähnlich von Lage und Ausstattung."

„Ja, das sind sie. Kommen Sie! Aber ich weiß nicht, ob meine Frau schon Ordnung gemacht hat. Wenn die Zimmer bewohnt sind, räumt Frau Herscheid dort nicht auf."

Markus und Helena stiegen die Treppe hinter Andreas von Rothenstein hoch. Helena wandte sich an ihn. „Ist Ihre Frau auf dem Zimmer? Dann würden wir sie gerne auch noch etwas fragen."

Er blickte sie an. „Meine Frau hat sich nie gut mit meiner Familie verstanden. Sie interessiert sie nicht. Zu unseren Familienstrukturen wird sie nicht viel sagen können."

Helena nickte. „Gut. Aber sie ist ja ein Teil dieser Familie und zu sich und zu Ihnen wird sie schon etwas sagen können."

„Wie Sie meinen. So, das ist unser Zimmer."

Da der Flur nur durch ein Fenster am Ende natürliches Licht bekam, waren in die Decke Lichter eingelassen, die für die nötige Helligkeit sorgten. Als sie die Zimmertür öffneten, sahen sie durch breite, bodentiefe Fenster, die fast die gesamte Wand einnahmen, in die weite Landschaft hinaus. Blickdichte Vorhänge in rauchblau waren zu den Seiten gezogen und rahmten die Landschaft ein, die sich heute trüb zeigte.

Die Farbe der Vorhänge wiederholte sich im Bett-
überwurf. Am Fenster standen zwei bequem wir-
kende Sessel, wo in einem von ihnen Marla von Rothenstein saß und las.

Gegenüber der Fensterfront, gleich neben der Tür
stand ein großer Kleiderschrank, rechts von ihnen
das Bett und links an der Wand eine Kommode und
eine weitere Tür, die vermutlich ins Bad führte.

Auf Helena wirkte der Raum wie ein gemütliches
Schlafzimmer. „Danke. Das Bad hat vermutlich Du-
sche, Toilette und Waschbecken? Das müssen wir
nicht unbedingt sehen." Sie tauschte einen Blick mit
Markus. „Ich mach das hier schon."

Markus wandte sich an Herrn von Rothenstein.
„Kommen Sie, wir lassen die Damen allein." Und
schon waren sie verschwunden.

Helena setzte sich Frau von Rothenstein gegenüber
in den Sessel. Kurz machte sie sich klar, was sie hier
erreichen wollte. Marla von Rothenstein wirkte so
desinteressiert an der ganzen Sache, als wäre sie zufällig vorbeikommender Passant. Trotzdem musste
sie befragt werden. Wichtig war, ob sie gewusst
hatte, dass ihr Schwiegervater nicht mehr die finanziellen Sorgen der Söhne lindern wollte.

„Frau von Rothenstein, wir machen uns ein ganz all-
gemeines Bild der Familie. Dazu ist es wichtig, möglichst viele Leute zu befragen, weil jeder seine

Familie etwas anders sieht. Wen mochten oder mögen Sie denn, neben ihrem Mann, am meisten?"

Marla von Rothenstein schaute etwas verwundert. „Ich? Oh. Entschuldigen Sie, mein Deutsch nicht serr gut. Ich unterhalte nicht viel mit Familie, weil ich nicht traue zu spreken. Ich kenne nicht gut Familie. Aber Andreas ist serr gut."

Helena hatte den Akzent von ihr nicht so stark in Erinnerung, allerdings hatte sie bei dem ersten Gespräch kaum zwei Sätze gesagt. Damit sie nicht völlig abbrach, wollte sie rasch zum Thema kommen.

„Ihr Schwager Dirk wohnt ja hier im Haus. Haben Sie gehört, was sein Vater darüber dachte?"

Sie schaute sie fragend an. War der Satz zu schwer zu verstehen? Helena wollte gerade eine einfachere Formulierung wählen, da sprach Marla von Rotgenstein schon. „Ich denke, er fand gut, sonst er hätte Dirk nicht Geld gegeben."

„Ok. Hat er Ihrem Mann auch schon mal Geld gegeben? Wissen Sie das?"

„Nein, davon weiß nicht. Andreas arbeitet, er braucht nicht das Geld von Vater."

Helena steckte ihr Smartphon weg. Diese Frau wusste nichts und wollte auch nichts wissen. „Gut, Frau von Rothenstein, dann war es das."

Sie ging auf den Flur, um Markus zu suchen.

Im Foyer wurde sie fündig. Dort stand er mit Frau Herscheid ins Gespräch vertieft, jeder an die gegenüberliegende Wand gelehnt, in der Hand eine Tasse Kaffee. Helena stellte sich dazu. Frau Herscheid schwärmte von ihrem Sohn Peter. „…fleißig. Der Junge arbeitet bis spät in die Nacht, aber er liebt die Pflanzen so. An Heiligabend war er bis fast zehn Uhr abends in der Gärtnerei, dabei gehört sie ihm gar nicht.“

„Danke für den Kaffee, Frau Herscheid.“ Markus drückte ihr seine leere Tasse in die Hand. „Hat gutgetan. Aber wir müssen weiter machen.“

Die beiden Kommissare gingen ein Stückchen weiter Richtung Wohnzimmer, aber Frau Herscheid hatte das Foyer schon durch die Dienstbotentür verlassen. „Und, was Interessantes?“, wollte Markus wissen. „Nein, sie weiß nichts. Ihr Deutsch ist nicht so gut, dass sie sich gerne mit anderen unterhält. Und ihr Mann schützt sie wohl vor der Welt. Sie wusste nicht, dass sein Vater ihnen schon mal Geld gegeben hat. Sie konnte sich das nicht vorstellen.“

„Siehst du ein Motiv?“

„Nein. Ich glaube ihr. Diese Familie interessiert sie so wenig, ihr ist es egal, ob ihr Schwiegervater lebt oder nicht. Die hat keinen umgebracht.“

„Gut, dann der nächste bitte. Wen sollen wir befragen? Herr Wiemann und Dirk von Rothenstein habe ich noch im Angebot.“

„Erst Dirk. Ich habe so ein Gefühl, dass Herr Wiemann schwierig ist."

Kapitel 8

„So, Herr von Rothenstein, Sie beantworten jetzt meine Fragen. Wir können Sie auch aufs Revier mitnehmen und dort befragen, wenn Ihnen das lieber ist."

Aus rotgeränderten Augen starrte Dirk den Kommissar an. „Ne, muss ich nich. Ich hab Rechte. Ich ruf meinen Anwalt an, wenn Sie mich nich in Ruhe lassen,"

„Sie können selbstverständlich Ihren Anwalt dazu bitten. Aber der wird Ihnen auch nichts anderes sagen, als dass Sie unsere Fragen beantworten müssen. Dann müssten Sie beide allerdings auf die Polizeidienststelle kommen, Ihr Anwalt wird nicht begeistert sein, an Weihnachten wegen so einer Lappalie rauskommen zu müssen und er wird Ihnen einen Feiertagszuschlag berechnen. Wir können das hier aber auch zu Ende bringen und in ein paar Minuten können Sie wieder…" Markus zögerte „machen, wobei wir Sie unterbrochen haben."

Was auch immer das war. Vermutlich rumgammeln.

Dirk von Rothenstein schniefte. „Na gut. Wie war die Frage nochmal? Aber ich behalt mir vor, das mit dem Anwalt."

Markus nickte. „Wie war ihr Verhältnis zu Ihrem Vater. Und denken Sie bitte daran, dass wir diese Frage auch anderen Mitgliedern Ihrer Familie stellen und gestellt haben."

„Das war gut. Ganz normal, eben. Er ließ mich in Ruhe, ich ließ ihn in Ruhe. Wie unter Erwachsenen üblich."

„Es ist unter Erwachsenen aber nicht üblich, dass einer zahlt und der andere nicht arbeitet."

„Bei Vater und Sohn schon. Ich war der Jüngste, mich hat er verwöhnt."

„Und er hat nie von Ihnen verlangt, dass Sie sich eine Arbeit suchen sollen?"

„Was heißt verlangt. Er hat es angeregt, das schon. Aber ich hab ihm nich groß auf der Tasche gelegen. Das bisschen, was ich brauch, das hat der doch gar nich gemerkt."

„Man hat uns berichtet, dass Ihr Vater Ihnen den Geldhahn zudrehen wollte. Wussten Sie davon?"

„Hä? Wer hat das gesagt? Bestimmt die Herscheid, die olle Petze."

„Haben Sie es gewusst?"

„War ja kein Geheimnis. Mein Vater hat ganz offen davon gesprochn. Mit mir nich, aber mit andren. Aber das dürfn Sie nich so ernst nehmen. Das hatte er zwischendurch mal. Da meinte er wohl, erzieherisch wirken zu müssn. Hat er aber nie durchgezogn. Immer, wenn der Zeitpunkt kam, dass ich ausziehn sollte, hat er es wieder vergessn. Wär auch diesmal so gewesn."

74

Markus notierte sich etwas. „Aha. Und haben Sie etwas gehört, an dem Abend?" Gegen das Genuschelte von Herrn von Rothenstein sprach er sehr klar und akzentuiert, als müsse er etwas ausgleichen.

„Was denn gehört?" Der Blick aus den Augen Dirk von Rothensteins trübte sich wieder ein.

„Vielleicht aus dem Arbeitszimmer oder dem Flur. Irgendetwas, was ungewöhnlich war, dem Sie an dem Abend keine Bedeutung beigemessen haben, aber das jetzt komisch erscheint."

Er schaute ihn an, aber ohne große Hoffnung. Wenn er jetzt, am späten Vormittag schon zu war, hatte er Heiligabend bestimmt nichts mitbekommen, selbst wenn der Vater in seinem Zimmer ermordet worden wäre.

„Ne, da war nichts. Aber is ja auch klar. Vaters Arbeitszimmer ist zu weit von unseren Zimmern weg."

„Aber Sie waren doch nachts unterwegs, um aus der Küche Wasser zu holen. Haben Sie auf der Treppe etwas gehört?"

Eigentlich ein Glück, dass er in seinem Suff nicht die Treppe hinuntergefallen ist, dachte Markus.

Aber hier schüttelte Dirk von Rothenstein nur den Kopf.

„Ok, danke, das wars. Oder möchten Sie uns noch etwas sagen?"

Wieder Kopfschütteln und die Kommissare gingen.

„Naja, ein bisschen wie erwartet." Helena schritt vorne weg.

„Schon. Aber dass er schon öfter versucht hat, den Söhnen den Hahn zu zudrehen, das wussten wir noch nicht."

„Ja, wenn es denn stimmt."

„Vielleicht kann uns Gerd Wiemann dazu etwas sagen." Sie klopften an die Zimmertür der Wiemanns.

Sofort trat Herr Wiemann auf den Flur und zog die Türe hinter sich zu.

„Meine Frau hat sich hingelegt. Sie ist immer noch ziemlich mitgenommen. Vielleicht können wir hinuntergehen, Sie haben bestimmt einige Fragen."

„Ja, gerne."

Schweigend gingen sie den langen Flur entlang bis in den Hauptflügel und stiegen die Treppe wieder hinunter und betraten die Bibliothek.

„So, hier sind wir ganz ungestört." Mit einer Geste bot er ihnen einen Platz auf dem Sofa an und lies seine füllige Gestalt in einen Sessel sinken.

„Wie kann ich Ihnen weiterhelfen?"

„Nun, wir möchten gerne wissen, wie ihr Verhältnis zu ihrem Schwiegervater war. Wie kamen Sie zurecht, zumal Sie ja beruflich mit ihm zu tun hatten."

„Ja, das Thema. Nun, ich muss sagen, wir kamen gut miteinander aus. Er mochte mich, schließlich hat er mich sogar mit seiner Tochter verheiratet."

Bei diesen Worten schnellte Helena hoch. „Ist das nicht ein bisschen – naja, antiquiert? Dass man vom Vater verheiratet wird, meine ich."

Gerd Wiemann zuckte die Schultern. „Nicole war immer Papas Liebling, sein Mädchen. Sie kannte nicht viele Männer. Sie durfte auch nicht auf Partys gehen und sich nach der Schule irgendwo treffen. So war sie, glaube ich, ganz zufrieden, doch noch einen Mann zu bekommen."

„Und sie? Wollten Sie sie denn heiraten?"

Wieder zuckte Herr Wiemann mit den Schultern, aber diesmal ließ er sie gleich oben. „Naja, die Tochter vom Chef zu heiraten ist immer ein Karriereschritt. Ich war damals nur Assistent der Geschäftsleitung, was eine nettere Bezeichnung ist, als besserer Botenjunge. Und es gab viele vor mir, die auf den Posten als Geschäftsführer hofften. Aber nachdem ich Nicole geheiratet hatte, ging mein Weg steil nach oben."

„Also keine Liebesheirat?"

„Wir waren uns einig, dass das überbewertet wird."

Helena war sprachlos, deshalb übernahm Markus die Gesprächsführung. „Und wie geht es der Firma finanziell in diesen wirtschaftlich schwierigen Zeiten?"

Jetzt begann Gerd Wiemann unruhig in seinem Sessel hin- und her zu rucken. „Nun, es geht. Wir haben keine Kurzarbeit, aber viele Krankheitsausfälle bei vollen Auftragsbüchern."

„So? Was stellen Sie eigentlich her?"

„Wir sind Zulieferer für Autoteile. Und hier spezialisieren wir uns auf schadstoffarme Motoren."

„Ach, Stromautos?"

„Nein. Die Herstellung von Hybridmotoren ist nicht so umweltfreundlich, wie immer angenommen wird. Sie hat sich zwar deutlich gebessert, aber die Herstellung des Akkus ist immer noch umweltbelastend. Und das Fahren von diesen Autos ist auch nur dann umweltfreundlich, wenn Öko-Strom verwendet wird. Wenn zur Stromherstellung Kohle verbrannt wird, nützt es nichts, wenn der Motor keinen Dreck mehr produziert. Die Umweltbelastung ist dann nur verschoben. Das ist Augenwischerei.

Wir stellen verschiedene Motorenteile her und arbeiten an einem neuen Motor, der auf Wasserstoffbasis läuft. Da würde dann wirklich kein CO_2 oder Schlimmeres entstehen."

„Aber so eine Forschung ist doch sehr teuer, oder? Wirft das Unternehmen denn genug ab?"

„Erstmal: Die Forschung daran ist schon älter und nicht bei uns gemacht worden. Wir setzen die Idee in die Praxis um. Natürlich ist es ein Risiko, da gebe ich Ihnen Recht, denn man weiß nie, ob das beim Kunden ankommt und wie die Politik sich dazu stellen wird. Wenn das nicht unterstützt wird, sieht es schlecht aus, denn die Motoren sind sehr teuer. Allerdings können wir wohl davon ausgehen, dass unsere Motoren nach einer Testphase genau dieselbe staatliche Unterstützung bekommen werden, wie die Hybridautos, also keine Steuern und so weiter.

Zweitens: Ja, die Firma läuft so gut, dass wir uns diese Testphase leisten können."

„Das ist ja sehr erfreulich. Dann werden wir in den nächsten Jahren bestimmt oft Ihren Namen und den Ihrer Firma in den Zeitungen lesen.

Aber mal eine andere Frage. Wie kamen Ihre Schwager mit Ihrem Schwiegervater aus? Haben Sie da etwas mitbekommen?"

„Hm" Herr Wiemann stützte seine Ellenbogen auf die Knie und legte das Kinn auf die gefalteten Hände. „Nicht viel, nur, dass beide ständig in Geldsorgen waren. Das hat er dann wohl privat ausgeglichen, denn in den Büchern habe ich nichts gefunden. Aber hat manchmal darüber gesprochen."

„Was hat er denn so gesagt?"

„Also, dass es Andreas besser gehen würde, wenn er auf seinen Vater gehört und in die Firma eingetreten wäre, aber dass es andererseits auch gut wäre, denn bei seinen Fähigkeiten hätte er bestimmt die Firma ruiniert."

„Harte Worte", meinte Helena, die sich wieder gefasst hatte.

„Schon, aber er war enttäuscht von ihm. Und Dirk hat ja nichts gemacht. Das hat ihn noch mehr geärgert. Soweit ich weiß, hat er außer seinem Taschengeld nichts bekommen."

„Wir haben gehört, dass Herr von Rothenstein seinen Söhnen kein Geld mehr geben wollte. Wussten Sie das?"

„Nein, aber es wundert mich nicht. Er hat sich in letzter Zeit immer stärker darüber geärgert, dass die beiden nicht mit ihrem Geld zurechtkamen, oder erst keins verdient haben."

Jetzt mischte sich Helena wieder in das Gespräch. „Gibt es in der Firma Leute, die Ihrem Schwiegervater nicht gut gesonnen waren und ihm das angetan haben könnten? Entlassene Angestellte, Jemand, der sich übergangen fühlt, sowas?"

„Wir haben in letzter Zeit niemanden entlassen. Wie ich bereits gesagt habe, haben wir eher zu wenig Leute. Und wenn sich jemand übergangen fühlt und sich so darüber ärgert, dann würde er wohl eher kündigen. Den Chef zu ermorden wird wohl kaum zu mehr Gerechtigkeit führen."

Markus mischte sich wieder ein. „Man weiß manchmal nicht, wie so ein Hirn arbeitet. Wir sind der Meinung, dass es ein Mord im Affekt war. Der Mörder ist keineswegs mit der Absicht hierhergekommen, um Herrn von Rothenstein zu töten. Wir gehen davon aus, dass ein Gespräch stattgefunden hat, in dessen Verlauf der Mörder so wütend wurde, dass er Ihren Schwiegervater erstochen hat. Aber da fällt Ihnen niemand ein?"

Gerd Wiemann schüttelte nur den Kopf.

„Was ist mit der Konkurrenz? Gibt es da jemanden, der einen Vorteil davon hätte, Herrn von Rothenstein zu ermorden?"

„Nein. Mein Schwiegervater war nur noch in beratender Funktion in der Firma. Man hätte mich umbringen müssen, um der Firma einen Schaden zuzufügen. Sie gehen wirklich davon aus, dass es jemand von außen war?"

„Wir ermitteln nach allen Seiten. Wenn es keiner von außen war, dann hat es jemand aus der Familie getan. Wem würden Sie denn die Tat am ehesten zutrauen?"

Sie schwiegen eine ganze Weile bis Herr Wiemann schließlich sagte: „Niemandem. Ich kann mir bei keinem vorstellen, dass er so wütend werden würde, dass er den Vater oder Schwiegervater umbringt."

„Und wenn er einem seiner Söhne mitteilt, dass es kein Geld mehr gibt?"

Aber der Befragte schüttelte nur den Kopf. „Dirk war so voll, der hätte das nicht verstanden. Und nicht geglaubt. Und Andreas hätte vielleicht angefangen zu weinen und zu betteln und wäre wie ein geprügelter Hund zu Tür rausgeschlichen, aber auch wenn Roland von Rothenstein nicht immer der beste Vater der Welt war, haben ihn die Kinder respektiert."

„Und ihre Frau? Wäre sie in der Lage gewesen ihren Vater zu töten?"

„Meine Frau hat ihren Vater verehrt. Sicher hat sie ihn glorifiziert, denn er war nicht so selbstlos gut zu ihr, wie sie immer glaubt. Er hat oft genug seinen eigenen Vorteil gesehen, wenn er ihr etwas vorgeschlagen hat. Aber sie hält ihn für den Inbegriff der Güte. Deshalb geht ihr auch sein Tod so nah."

„Gut, das waren auch schon unsere Fragen. Möchten Sie uns noch etwas sagen?"

„Nein, ich denke, das war's."

Mit einem Kopfnicken verabschiedeten sich die Kommissare und stiegen ins Auto, um in die Polizeidienststelle zu fahren.

Kapitel 9

„Soll ich Nils anrufen, dass wir uns gleich in der Dienststelle treffen können?" Helen hatte ihr Smartphon schon in der Hand.

„Ja, kannst du machen." Dann hast du wenigstens keine Gelegenheit mehr, ein Weihnachtskaffeetrinken zu veranstalten, dachte Markus bei sich.

„Bist du heute Abend bei deinem Vater?", wollte er noch wissen.

„Jep. Nachdem das mit dem Weihnachtsessen wegen des Mordfalls nichts wurde, holen wir das heute Abend nach." Sie lächelte verschmitzt. „Ach, egal. Ich kann ja schon dankbar sein, dass ich überhaupt mit jemandem feiern kann. Wenn ich da an Nils denke, der die ganze Zeit über alleine ist – das wäre für mich auch kein Weihnachten."

„Ich glaube nicht, dass Nils Weihnachten an der Anzahl der Personen festmacht, die mit ihm feiern. Aber schön ist anders, da gebe ich dir recht."

Beide schwiegen. War die Anzahl der Personen, die mit einem Weihnachten feiern, wirklich egal? Markus war in diesem Jahr auch zum ersten Mal alleine, weil seine Frau sich getrennt hatte. Nun, die Anzahl war sicher nicht entscheidend, aber mit wem man Weihnachten feierte machte schon etwas aus. Er hätte gerne seine Familie, wenigstens aber seine Kinder um sich. Aber das ging nicht und das lag nicht an Corona. Aber er hatte eine Idee.

In der Dienststelle der Polizei angekommen, grüßten sie den Diensthabenden, der neben dem beleuchteten Weihnachtsbäumchen schriftliche Arbeiten verrichtete. Es gab nicht viel zu tun, wenn die Leute zu Hause blieben. Keine Verkehrsunfälle, keine Kneipenschlägereien, nur mal häusliche Gewalt, aber wegen der ausbleibenden Besuche war auch das eher selten.

„Wir bekommen gleich noch Besuch. Einfach durchschicken, der weiß, wo wir sind." Markus ging mit einem Kopfnicken an ihm vorbei. Helena folgte ihm. „Aber ich kann ihn doch abholen, wenn wir ihn sehen."

„Ja, aber du kannst ja nicht aus dem Fenster schauen, wenn du die Dekoration wiederaufbaust. Das hast du doch vor, oder? Dann siehst du ihn nicht kommen." Markus setzte ein schelmisches Grinsen auf.

Helena wurde rot. „Ähm, nein. Es ist erst halb zwei, das ist zu früh für ein Kaffeetrinken."

„Nur eine halbe Stunde eher als gestern."

„Ja, und das war auch schon sehr früh. Aber es hat uns gut getan nach dem Schrecken, oder?"

„Sicher. Aber die Frage war, ob du das heute wieder vorhast."

„Das habe ich bereits gesagt: Nein! Nur eine Tasse Kaffee brauche ich. Willst du auch?" Fragend hielt sie die Kaffeekanne hoch.

„Ja, gerne. Mach ruhig die ganze Kanne, dann kannst du Nils und dem Diensthabenden auch einen anbieten."

„Hatte ich auch vo-hor!" Aus der Teeküche, eine Tür weiter, hörte er sie trällern.

Wenig später saßen sie zu dritt am Besprechungstisch, jeder eine Tasse Kaffee vor sich.

„Also, was hat es Neues gegeben?" Nils sah aus, als hätte er sich gerne die Hände gerieben, wenn sie nicht durch die Kaffeetasse gehindert wären.

„Neues? Eigentlich nichts, aber es hat sich einiges bestätigt." Helena schaute auf die Notizen in ihrem Smartphon. „Also, ich habe mit Frau von Rothenstein gesprochen, die ja ein weißes Blatt Papier war. Das ist sie immer noch, wenn man so will. Diese Familie interessiert sie nicht und ob ihr Schwiegervater tot ist oder nicht, ist ihr herzlich egal. Deshalb glaube ich auch nicht, dass sie ihn ermordet hat. Da gehört schon mehr Leidenschaft zu. Aber sie hat genauso ein Motiv wie alle anderen – Geld, das sie jetzt erben – und ob sie ein Alibi für die Nacht hat, außer ihrem Ehemann, glaube ich nicht. Es müsste aber schon sehr gut gespielt sein."

Markus nickte ihr zu. „Ähnlich ist es bei Dirk von Rothenstein. Die Leidenschaft traue ich ihm zu, aber er war wohl stark alkoholisiert und müde. Außerdem glaubt er nicht, dass sein Vater es durchgezogen hätte, ihm den Geldhahn zuzudrehen. Er hat es wohl schon öfter angedroht, aber nie umgesetzt. Aber auch hier das Motiv Geld und wahrscheinlich kein Alibi."

Nils schaute von einem zum anderen. „Und ihr glaubt aber nicht, dass es einer von denen war? Was ist mit Andreas von Rothenstein?"

Markus wiegte den Kopf. „Schwierig. Er hat zugegeben, bankrott zu sein. Aber er wusste angeblich nichts davon, dass sein Vater härter durchgreifen wollte, weder bei seinem Bruder noch bei ihm. Er braucht das Geld vermutlich am dringendsten, weil er das Haus in Ascheberg halten will. Er wollte seinen Vater um einen Kredit bitten, aber er ist wohl noch nicht dazu gekommen."

Helenas Kopf schoss von ihrem Handy hoch. „Wir sollten mal die Kreditabteilung der Westfalenbank befragen. Die wissen vermutlich sowohl, wie es um die Firma bestellt ist, wie hoch das Privatvermögen von dem alten Rothenstein ist und auch wie es bei Andreas von Rothenstein aussieht. Es ist doch komisch, dass er sagt, er könne das Haus nicht beleihen. Für mich klingt das nach: Das Haus ist bereits bis zur Dachkante beliehen. Und selbst, wenn Andreas sein Konto woanders hat: Wenn es da schon mal einen Privatkredit gegeben hat, haben die sich bestimmt eine Bankauskunft eingeholt."

Markus nickte. „Super Idee. Aber über Weihnachten hat die Bank zu und am Wochenende auch. Und zwischen den Jahren sind die alle mit dem

Jahresabschluss beschäftigt. Du kriegst da keinen an die Strippe."

Helena hob den Zeigefinger. „Da hast du natürlich recht. Aber weil du eine so kompetente Kollegin hast, gilt das nicht."

„Du willst die Kreditabteilung der Westfalenbank hacken?" Markus machte große Augen.

„Nein, ich rufe Britta an. Das ist die Leiterin der Firmenkundenabteilung und hat mit mir zusammen Abitur gemacht. Sie hat die genauen Zahlen vermutlich nicht im Kopf, aber die Hintergründe kennt sie sicher, und nur das interessiert uns, stimmts"

Mit ihrem Handy winkend verließ sie den Besprechungsraum.

Die beiden Männer schauten ihr hinterher. „Sie ist ziemlich gut, oder?"

Nils sah Markus fragend an. „Mit 28 Jahren schon Hauptkommissarin, das wirst du nicht, wenn du nicht gut bist. Und sie ist hier aufgewachsen und hat Kontakte, die du und ich uns nicht mal vorstellen können. Sie kennt alle, und wenn nicht, dann ist sie mit jemandem verwandt, der diese Person kennt. Manchmal dreht sich mir echt der Kopf. Ich habe den Eindruck, vom Erzählen her kenne ich die ganze Verwandtschaft, aber mir schwant, dass es nur ein Bruchteil ist. Klar, dann kommen noch die Freunde und Mitschüler dazu, dann kennst du nicht nur

Billerbeck und Umgebung, dann kommen noch die anliegenden Ortschaften dazu."

Nils grinste. „Dorf eben."

Markus nickte. „Aber es hilft in dem Job. Und sie ist nett."

„Stimmt!"

Beide Männer schwiegen, verbunden durch die einhellige Meinung.

Markus wollte den Pastor gerne etwas fragen, aber wusste nicht genau, wie er die Sache angehen sollte, da kam auch Helena schon wieder herein, grinsend wie ein Honigkuchenpferd.

„OK, du hast sie erreicht. Erzähl!" Markus setzte sich aufrecht hin.

„Ja, Britta war natürlich zu Hause. Es ist, wie wir es uns schon gedacht haben. Herr von Rothenstein ist reich, seiner Firma geht es gut, aber Andreas von Rothenstein krebst schon seit Firmengründung eher am Existenzminimum als am Reichtum herum. Das Haus hat der Vater ihm bezahlt und die Kredite hat er ihm schneller gegeben, als er irgendwas zurückzahlen konnte. Wieviel genau, konnte Britta auswendig nicht sagen, aber es geht in die Hunderttausende – Das Haus nicht mitgerechnet."

„Bingo!" Markus boxte in die Luft. „Ich glaube, wir haben unseren Mann gefunden. Wenn er seiner Frau nicht beichten wollte, dass Schluss ist, mit dem schönen Leben, musste er Geld beschaffen. Und vielleicht ist er seinem Vater ins Arbeitszimmer gefolgt, um mit ihm zu reden."

„…und der hat „Nein" gesagt." Helena nickte begeistert.

„Bei der Unterredung in seinem Arbeitszimmer ist die Wut zu groß, er nimmt den Brieföffner und sticht zu." Markus klatschte in die Hände.

„Ich glaube noch nicht mal, dass er es wegen des Geldes getan hat. So, wie der Tatort sich zeigte, war es einfach nur Wut. Dass er damit sein Erbe beschleunig hat und jetzt alle Geldsorgen los ist, hat er vermutlich erst später realisiert. Aber er dürfte unser Mann sein."

„Hm, Britta hat noch was gesagt. Herr von Rothenstein hat kurz vor Weihnachten noch mit ihr telefoniert. Das war schon deshalb ungewöhnlich, weil sie es sonst mit Herrn Wiemann zu tun hat, wenn es um die Firma geht. Aber Herr von Rothenstein hat ihr anvertraut, dass er vermutet, dass Firmengelder unterschlagen werden. Für den Anfang des Jahres hat er Buchprüfer bestellt die alle Ausgaben sorgfältig unter die Lupe nehmen sollten."

Nils pfiff leise durch die Zähne. „Das ist ja ein pikantes Detail. Weißt du auch, ob er jemanden Bestimmtes in Verdacht hatte?"

Helena nickte. „Den Geschäftsführer Gerd Wiemann. Britta sagt, er war enttäuscht über die Ehe seiner Tochter. Gerd hat sich nicht so entwickelt, wie er sich das gewünscht hat. Er hat zwar ein gutes Gehalt, aber Gerd scheint sich immer wieder Dinge zu leisten, die er eigentlich nicht bezahlen könnte."

„Mist." Markus schien niedergeschlagen. „Dann haben wir jetzt zwei Verdächtige. Ich dachte schon, der Fall wäre gelöst."

Helena lachte. „Nein, so schnell geht es nun doch nicht. Ein Anruf bei Britta kann einen zwar weiterbringen, aber dass sie den Fall für uns löst, ist dann doch zu viel verlangt."

„Nun gut. Also müssen wir herausbekommen, ob Gerd Wiemann von der bevorstehenden Buchprüfung wusste. Wenn nicht, ist es irrelevant."

„Irrelevant? Aber das ist doch ein wichtiges Mordmotiv. Noch stärker als Geldmangel." Helena war schockiert.

Markus nickte. „Da hast du recht. Aber wenn Herr Wiemann nichts davon wusste, hätte er ihn deswegen auch nicht umbringen können. Aus anderen Gründen vielleicht, er wäre als Tatverdächtiger nicht draußen, denn offensichtlich braucht er mehr Geld, als er mit ehrlicher Arbeit verdienen kann."

Jetzt nickte Helena besänftigt. „Gut. Aber wie bekommen wir das heraus? Er wird uns nicht unbedingt die Wahrheit sagen."

90

Jetzt meldete sich Nils zu Wort. „Versucht es über Frau Wiemann. Ich hatte den Eindruck, sie weiß mehr über die Geschäfte ihres Mannes, als man meint. Und ihre Loyalität gehört dem Vater, nicht unbedingt ihrem Mann."

Markus strich sich nachdenklich mit dem Zeigefinger über die Oberlippe. „Das könnte gehen. Wir haben auch nur kurz mit ihr gesprochen. Morgen ist Sonntag, da möchte ich die Familie in Ruhe lassen, aber gleich am Montag sollten wir ihr einen Besuch abstatten."

„Und morgen ist Ruhetag? Wir stecken in einem Mordfall!" Helena war nicht einverstanden.

„Wir können sowieso erst weitermachen, wenn die Gerichtsmedizin ihre Arbeit gemacht hat. Und wenn feststeht, ob überhaupt Geld fehlt. Wenn nichts fehlt, kann Gerd Wiemann aus Angst vor Entdeckung nicht seinen Schwiegervater umgebracht haben. Klar, wir sollten uns auch die Konkurrenzfirmen anschauen und im privaten Umfeld von Roland von Rothenstein ermitteln, ob dort jemand Grund für einen Mord hatte, aber wer sollte an Heiligabend vorbeikommen und ihn abends nach zehn in ein Gespräch verwickeln, ohne dass irgendjemand davon etwas mitbekommt? Ja, er könnte sich angemeldet haben und der Hausherr hat ihm selber die Tür geöffnet, aber für mich gibt das mit dem Haus voller Gäste kein schlüssiges Bild. So ein Gespräch hätte am Vormittag stattgefunden oder am Abend vorher oder es wäre auf nach Weihnachten verschoben worden, aber nicht an Heiligabend.

Und ja, deswegen haben wir uns morgen einen Ruhetag verdient. Bleib bei deinem Vater, oder mach etwas Schönes."

Helena zuckte die Achseln. „Gut, wie du meinst. Dann gehe ich jetzt. Euch noch schöne Restweihnachten."

„Dir auch!", scholl es aus zwei Männerkehlen.

Die Tür fiel hinter Helena ins Schloss und es war plötzlich sehr still im Raum. Markus musste jetzt mit seiner Idee herausrücken, sonst wäre Nils weg, und die Gelegenheit verstrichen.

„Du bist doch heute auch alleine, stimmts?" Das war ein blöder Anfang. Was, wenn er nein sagte?

„Ja. Du auch? Ich hatte den Eindruck, du hast Familie."

„Hm, geschieden. Ich bin auch alleine. Was hältst du davon, wenn wir den Abend zusammen verbringen? Wir sind zwar nicht eng verwandt, aber nicht mehr als zwei Haushalte, wäre also unter der Corona-Regelung in Ordnung."

„Halte ich für eine super Idee!" Über Nils´ Gesicht hatte sich ein Strahlen gelegt, dass es mit der gesamten Weihnachtsbeleuchtung des Ortes aufnehmen konnte.

„Gut." Auch Markus entspannte sich langsam. „Nur habe ich kein Weihnachtsmenü für uns. Aber ich habe eine Idee, wenn du nicht wählerisch bist."

„Nee, ich esse alles. Wenn mich die Leute aus der Gemeinde einladen, dann darf man auch nicht unhöflich sein. Welche Idee ist das?"

„Wir könnten zum Restaurant hier in der Straße gehen und uns Essen zum Mitnehmen geben lassen. Es ist der zweite Weihnachtstag. Vielleicht haben sie von dem Weihnachtsmenü noch etwas übrig. Eigentlich sollte man das vorbestellen, aber wenn wir nehmen, was noch da ist, bekommen wir bestimmt noch ein gutes Essen für zwei Personen. Und die Küche ist super dort."

„Klasse, wir rufen am besten gleich an. Wie heißen die?"

„Ähm – wie der Dom."

Nils grinste. „Ludgerus" musste man kennen, sonst kam man nicht drauf.

Schließlich saßen die beiden im Auto, zwei Weihnachtsmenüs zum Aufwärmen auf dem Rücksitz, mit dem guten Gefühl, den Weihnachtsabend nicht alleine verbringen zu müssen.

Kapitel 10

Nils betrat die Wohnung des Kommissars. Das Licht im Flur bestand aus einer Glühbirne in der Fassung. Es gab wenig Platz, da an der Wand Umzugskisten gestapelt waren. Rechts ging es ins Wohnzimmer und links in die Küche. Im Wohnzimmer standen eine Sitzgarnitur, ein Tisch, ein Schrank und ein Bücherregal, das noch auf Bewohner wartete. Nils ging zuerst in die Küche. Die Schränke standen bereits, aber auch hier warteten Umzugskisten mit der Aufschrift „Küche". Der Pastor fingerte am Herd, aber es leuchtete kein Licht auf, was immer ein schlechtes Zeichen bei Öfen war.

„Nimm die Mikrowelle, der Ofen ist noch nicht angeschlossen!" Markus versuchte sein Essen zu balancieren, während er sich die Schuhe auszog.

„Die Mikrowelle konnte ich selber anschließen, für den Ofen brauche ich einen Elektriker. Deshalb nehmen wir die Mikrowelle."

„Und einen Elektriker hast du noch nicht gefunden?"

„Doch, aber keinen, dessen Arbeitszeiten nicht mit meinen kollidieren."

Jetzt hatte er die Schuhe ausgezogen und kam in die Küche. „Das Besteck habe ich schon ausgepackt. Wenn du einen Teller möchtest, kann ich schnell schauen…"

„Nee, lass mal, die Packung reicht als Tellerersatz."

„Und wo isst du?" Nils suchte in der Küche vergeblich nach einem Tisch und Stühlen.

„Im Wohnzimmer. Ich wollte mir noch Tisch und Stühle kaufen, aber die Möbelläden hatten zu, als ich daran dachte."

„OK, im Wohnzimmer. Fangen wir mit der Suppe an. Du wärmst sie auf, ich decke drüber den Tisch." Er schnappte sich zwei Küchentücher und den Besteckkasten und verschwand nach nebenan.

„Hast du irgendwo Gläser?" Zu dem Weihnachtsmenü hatten sie noch eine Flasche Rotwein mitgenommen, den man nun wirklich nicht aus der Flasche trinken konnte.

„Keine Rotweingläser. Aber schau mal im Schrank, ich glaube, da sind schon Gläser drin."

Ein fünffaches „Pling!" zeigte an, dass die Styroporschälchen mit der Rindfleischsuppe mit Grießklößchen fertig waren. Vorsichtig brachte Markus sie ins Wohnzimmer.

Auf dem Tisch lagen die Küchentücher zu Servietten gefaltet, Löffel daneben, Gläser an jedem Platz und Kerzen auf dem Tisch. Nils hatte jeden Kerzenständer, der schon ausgepackt war, mit den Kerzenresten bestückt, die Markus bereits aussortiert, aber noch nicht weggeworfen hatte. Die Flasche stand geöffnet daneben. Nils saß schon auf einem Sessel und schaute ihm erwartungsfroh entgegen.

Markus setzte sich ihm gegenüber auf das Sofa. „Betest du noch?"

Nils nickte, dankte für die Gemeinschaft und bat Jesus, das Essen und die Gespräche zu segnen.

„Bist du nur ein Tischgebet gewohnt, oder bist du gläubig?" Nils schaute Markus bei dieser Frage erwartungsvoll an.

Dieser seufzte. „Ich bin ein neu zugezogener Bruder auf Gemeindesuche."

„Oh, herzlich willkommen."

„Ich wollte dich schon gestern nach deiner Gemeinde fragen, hat sich aber nicht ergeben. In Münster, der Gemeinde wo ich vorher war, geht meine Ex-Frau mit den Kindern in den Gottesdienst. Es tut einfach nur weh, wenn ich sonntags alle sehe. Mit ihrem neuen Mann."

Mitleidig nickte Nils. „Und deshalb hast du dich versetzen lassen und bist umgezogen?"

Markus nickte. „Ja, genau. Es sollte soweit weg sein, dass ich ihnen nicht zufällig über den Weg laufe, aber so nah, dass ich die Kinder sehen kann. Aber jetzt…" Tränen erstickten seine Stimme.

Erstaunt schaute Nils von seiner Suppe auf. „Aber was ist jetzt? Das Schlimmste hast du doch bestimmt hinter dir, oder?"

Markus schüttelte nur den Kopf, bevor er weitersprach: „Sie hat einen Antrag gestellt, mir das Umgangsrecht zu entziehen."

Nils legte den Löffel hin. „Damit kenne ich mich nicht aus. Was heißt das?"

Jetzt hörte auch Markus auf zu essen. „Wir sind geschieden und die Kinder leben bei ihr. Ich darf sie einen Nachmittag in der Woche und jeden zweiten Samstag abholen. Das ist das Umgangsrecht."

Nils nickte verstehend. „Gut, das habe ich schon mal gehört. Das ist ja ohnehin nicht viel. Und das will sie dir jetzt auch noch verbieten?"

Markus nickte wieder. „Ja, sie hat einen Antrag bei Gericht eingereicht. Kurz vor Weihnachten."

Nils lehnte sich in seinen Sessel zurück. „Aber warum?"

Markus zuckte die Achseln. „Ich glaube, dass ich einfach störe. Sie hat jetzt einen neuen Mann. Die Kinder kommen mit ihm aus, warum also den Alltag mit dem Ex planen?"

„Damit kommt sie aber vor Gericht nicht durch. Vermutlich werden sie ihr das Ding um die Ohren hauen."

Markus nickte. „Offiziell hat sie meinen Beruf angegeben. Da ich Kommissar bin, muss ich häufig auch außerhalb der Dienstzeiten arbeiten. Das stimmt allerdings nur für die Zeiten, in denen ich die Kinder nicht habe, denn sonst bin ich freigestellt. Allerdings ist mal etwas passiert." Jetzt lehnte er sich auch zurück und begann zu erzählen. „Wir haben in Münster den ganzen Nachmittag einen Verbrecher gejagt. Zuerst am Aa-See entlang, dann durch die Innenstadt, und schließlich war er weg. Wir haben mit den Kollegen die Altstadt und die Einkaufszone durchkämmt, aber er war nicht mehr aufzufinden. Irgendwann am Abend kam ich nach Hause. Es klingelte an der Tür und der gesuchte Verbrecher stand dort. Er wollte mit mir reden, bevor er sich stellt."

Markus nippte von seinem Wein, bevor er weiterredete. „Susanne, meine Frau, legt das so aus, dass er auch schon vorher hätte kommen können und die Kinder im Garten als Geiseln nehmen können. Und deshalb meint sie, mein Beruf sei nicht mit einem Familienleben vereinbar und als Vater wäre ich ein Risiko."

Nils blieb vor Staunen der Mund offenstehen. „Aber – Aber es ist doch gar nichts passiert."

Markus schlug die Hände zusammen. „Nein. Ich hatte diesen Vorfall auch schon fast vergessen, aber Susanne hat eine lebhafte Phantasie."

Jetzt kniff Nils die Augen zusammen. „Was ist passiert, dass ihr euch getrennt habt?"

Kapitel 11

Zweieinhalb Jahre zuvor

Zwei Stunden hatte er über seinen Berichten gesessen, als sein Chef den Kopf zur Tür reinsteckte. „Steiger, du übernimmst morgen die Razzia. Und morgen Vormittag brauche ich dich für die Befragung der Zeugen in der Sache Junghans."

Markus nickte nur, aber das tat ihm schon weh. Die Razzia in einer Pizzeria, in der sie einen schwunghaften Drogenhandel vermuteten, konnte wieder nur abends durchgeführt werden. Und wenn er vormittags die Befragungen durchführen sollte, würde das wieder ein langer Tag werden.

„Ach, Steiger, am Samstag kontrollieren wir am Aa-See die Bootsverleiher auf Drogenhandel. Ich weiß, es ist Wochenende, aber samstags ist dort am meisten los. Oder sonntags. Was ist dir lieber?"

Markus stöhnte innerlich. Wieder ein Wochenende dahin. Aber seinen Sonntag wollte er sich nicht nehmen lassen. Der Herr ruhte am siebten Tag und er sollte das auch tun. Er wollte seinen Gottesdienst und seine Familie, sonst nichts.

„Samstag ist ok", nuschelte er.

„Steiger, ich weiß, dass du schon lange kein freies Wochenende mehr hattest, aber im Moment ist soviel los und ich habe nicht genug Leute. Wenn es ginge, würde ich dich wenigstens alle vierzehn Tage in Ruhe lassen, aber ich weiß nicht, wie ich das anders machen soll."

Markus nickte. So sehr die Arbeit auch an ihm zehrte, er wusste, dass es bei der Besetzung nicht anders ging. Sein Chef selber kannte ein freies Wochenende nur noch vom Hörensagen.

„Hey, wenn es wieder etwas ruhiger wird, nimmst du Ausgleichstage, ok?"

„Super. Sobald wir alle Verbrecher weggesperrt haben, können wir uns auf die faule Haut legen."

„Steiger, Sarkasmus bringt uns alle nicht weiter."

„Ja, sorry. Aber es baut Stress ab. Solltest du auch mal versuchen."

Mit einem Schnaufen verschwand er aus der Tür.

Markus packte seine Sachen zusammen und achte sich auf den Weg nach Hause. Bestimmt hatte Susanne ihm noch etwas von dem Mittagessen aufgehoben. Er hatte seit dem Frühstück noch nichts gegessen, wenn man von ein paar Schokoriegeln absah. Die Kinder waren wahrscheinlich schon im Bett. In Gedanken sah er den fünfjährigen Felix und die dreijährige Svenja vor sich. Vielleicht konnte er sie morgen zum Frühstück sehen und sogar in den Kindergarten bringen. So früh musste er morgen nicht anfangen. Die Befragungen sollten um elf beginnen, da reichte es, wenn er gegen zehn da war. Er atmete tief aus und versuchte, sich entspannen. Nach dem

Essen wollte er einen Flasche Wein aufmachen und sich mit Susanne auf die Couch kuscheln. Ein bisschen Fernsehen und dann ins Bett.

Er parkte seinen Passat vor dem Einfamilienhäuschen. Eigentlich wollte er die Garage streichen, wenn er mal Zeit hatte. Zumindest hatte er sich das im Februar oder März vorgenommen. Naja, vielleicht im Urlaub. Wenn mal keine Urlaubssperre war.

Er betrat leise den Flur, zog seine Schuhe aus und schlurfte in Hausschuhen in die Küche. Hier war alles aufgeräumt. Weiter ins Wohnzimmer. Susanne saß auf dem Sofa und las.

„Hallo, mein Schatz!" Er ging zu ihr, um ihr einen Kuss zu geben, aber sie drehte den Kopf weg.

„Wieder so spät", nörgelte sie.

Er ließ sich mit einem Stöhnen neben sie fallen. „Ich weiß. Aber was soll ich anderes sagen, als die letzten Male? Wir wissen nicht, wohin vor lauter Arbeit. Urlaubssperre im Sommer, das hatten wir noch nie."

„Markus, du bist Vater von kleinen Kindern. Ich kann nicht den ganzen Tag mit den Kindern allein bleiben, da werde ich blöd im Kopf."

„Schatz, die Kinder sind den ganzen Vormittag im Kindergarten."

Jetzt schaute sie sehr böse. „Der Kindergarten ist seit einer Woche zu. Es sind Sommerferien."

„Oh." Mehr viel Markus nicht dazu ein. Daran hatte er überhaupt nicht gedacht. „Aber weißt du, wenn Felix in die Schule kommt, habe ich Anspruch auf Urlaub in den Ferien. Dann wird es bestimmt geordneter zugehen bei uns."

„Urlaub in den Ferien, wenn Urlaubssperre ist." Susanne verschränkte angriffslustig die Arme.

Markus fuhr sich mit den Fingern durch die Haare. „Nun, es gibt ja auch noch andere Ferien. Aber mal eine andere Frage: Hast du noch etwas zu essen für deinen armen, überarbeiteten Mann?"

„Du kannst Brote haben, ich wusste ja nicht, ob du schon gegessen hast. Und hör auf mit der Mitleidsmasche. Du hast wenigstens den ganzen Tag mit Erwachsenen zu tun."

Er stöhnte. Den gemütlichen Fernsehabend konnte er von seiner Liste streichen. „Na gut, ich mach mir ein paar Brote und wir führen richtige Erwachsenengespräche, ja?"

„Veralbere mich nicht. Und iss in der Küche, ich habe gerade heute gesaugt."

Alleine in der Küche essen war nicht schön, deshalb beschloss er, sich mit den Broten auf die Terrasse zu setzen.

„Was hältst du davon, wenn wir einen schönen Rotwein aufmachen und uns auf die Terrasse setzen?", wollte er von Susanne wissen.

„Ja, ich hole eine Flasche hoch."

Na bitte, vielleicht würde es ja doch noch ein schöner Abend werden.

Nachdem er seine Brote aufgegessen und den ersten Schluck Wein genommen hatte, lehnte er sich genüsslich zurück.

„Sag mal, wäre es denn nicht schön, wenn du dich mit anderen Müttern treffen würdest, die Kinder im gleichen Alter haben? Ihr könntet euch unterhalten und Kaffee trinken und die Kinder spielen zusammen."

Susanne lachte bitter auf. „Theoretisch ja, aber wer denn, bitte schön? Sonja hat zu ihren Kindergartenkindern auch noch den Großen, der die Kinder ärgert, wenn wir da sind. Sabine hat noch das Baby. Letzte Woche war ich da, weißt du noch?"

Markus brummte zustimmend, konnte sich aber nicht daran erinnern, dass Susanne das erwähnt hatte.

„Ich saß auf ihrer Terrasse und konnte die Streitereien zwischen den Kindern schlichten, während sie drinnen gestillt und gewickelt und was weiß ich noch alles hat."

„Du warst ihr bestimmt eine große Hilfe."

„Ja, und irgendwie war das auch in Ordnung, aber irgendwann bin ich auch mal dran."

„Was ist denn mit den Leuten aus der Gemeinde?"

„Wen meinst du? Es gibt dort keine Kinder im gleichen Alter."

„Ach, ich dachte nur." Er hätte wirklich gedacht, dass da Kinder im Alter seiner Sprösslinge waren. Aber er hatte da auch nicht so viel Ahnung.

„Und Spielplatz?", wollte er wissen.

„Machen wir fast jeden Tag. Aber es gibt nur Frauen, die sich kennen und sich über Leute unterhalten, die ich nicht kenne. Die Kinder sind da beschäftigt, bis irgendein anderes Kind Svenja die Schippe oder den Eimer wegnimmt, oder einer schneller auf der Schaukel ist als Felix. Dann gibt es Geschrei und wir gehen in unseren Garten, wo den Kindern niemand etwas wegnimmt und ich alleine bin."

Markus seufzte, während er sein Glas wieder zum Mund führte. „Schatz, das tut mir leid. Aber wenn die Kinder älter werden, bessert sich das ganz bestimmt. Jedes Jahr ein bisschen." Freundlich lächelte er seine Frau an.

Die schnaufte. „Ja, sicher. Aber das hilft mir jetzt nicht weiter. Dazu muss ich die Einkäufe mit den Kindern machen, was dreimal so lange dauert wie sonst. Ich mache den Haushalt, wenn sie mal spielen und kochen muss ich auch. Und wenn ich dran denke, gieß ich im Garten auch die Blumen."

„Schatz, du bist toll. Ich weiß nicht, was ich ohne dich machen würde." Er legte ihr die Hand auf den Arm.

„Komplimente helfen mir nicht, Markus!" Sie saß aufrecht in ihrem Stuhl.

„Was ist am Wochenende? Meine Mutter hat uns eingeladen, sie mal wieder zu besuchen."

„Das ist eine tolle Idee. Leider muss ich arbeiten…" Er wusste nicht, ob er traurig oder erleichtert sein sollte. Er entschied sich für schuldbewusst.

„Das ist nicht dein Ernst. Wann hattest du denn das letzte Mal frei?"

Er seufzte. Sie drehten sich im Kreis. Egal, was er für ein Thema ansprach, sie landeten immer wieder bei seinem Arbeitspensum.

„Ich weiß. Aber sieh es doch mal als Abwechslung, mit den Kindern deine Eltern zu besuchen. Sie freuen sich doch immer so auf die Kinder und auf dich. Vielleicht kannst du ein oder zwei Nächte bleiben, dann kannst du dich auch mal entspannen."

„Ohne dich fahre ich nicht. Meine Mutter fragt sowieso schon, ob du eine Freundin hättest, so viel müsste doch kein Mann arbeiten. Schließlich war mein Vater auch Beamter."

„Du darfst aber nicht vergessen, dass dein Vater Sachbearbeiter beim Ordnungsamt war. Wenn die Dienstzeit um war, hat er den Stift fallen gelassen und ist nach Hause gegangen. Ich kann das nicht, denn die bösen Buben kennen offensichtlich unsere Dienstzeiten nicht."

„Mutter meint, du bist Beamter, genau wie Vater. Also kannst du dich auch um mich kümmern. Und diese Diskussion werde ich ganz bestimmt nicht über zwei Tage ziehen. Da sage ich lieber ab."

Markus schwieg. Seine Schwiegereltern waren immer schon ein heikles Thema gewesen. Ein Glück eigentlich, dass er nicht frei hatte und den Tag bei diesen Leuten vergeuden musste, entschied er. Dann lieber Drogendealer jagen.

„Ich gehe mal nach den Kindern schauen." Mit diesen Worten stand er auf und ging leise in die Kinderzimmer. Zuerst Felix, der sich in seinem Bett gedreht hatte. Wie er das nur schaffte, ohne rauszufallen. Vorsichtig legte er ihn richtig hin und deckte ihn zu. Dann zu Svenja. Auch sie hatte sich losgestrampelt und lag mit ihren verstrubbelten Locken und dem Daumen im Mund da. Er musste erst mal tief durchatmen. Seine Tochter! Sie war so süß! Auch sie deckte er mit der leichten Sommerdecke zu und strich ihr über die Haare. Der Anblick seiner Kinder rückte die Welt wieder ins rechte Licht. Die Arbeit und der Streit mit Susanne waren auf einmal in weite Ferne gerückt. Wirklich wichtig war doch nur, dass Gott ihnen zwei gesunde und wunderbare Kinder geschenkt hatte.

Er machte sich wieder auf den Weg hinunter. Susanne hatte schon die Gläser und sein Brettchen abgeräumt, und saß im Wohnzimmer. Langsam wurde es draußen zu kalt zum Sitzen.

„Na, alles in Ordnung mit den Kindern?" Sie blickte kurz von ihrem Buch auf.

Markus war noch ganz beseelt. „Ja, ich habe sie noch zugedeckt. Ich bin immer wieder aufs Neue entzückt, wie süß sie sind. Es ist doch ein Wunder, dass Gott uns zwei so süße Kinder geschenkt hat."

„Ja, ist es." Susanne nickte bestätigend. „Aber dann muss man sich auch drum kümmern. Und was glaubst du, wie süß die erst sind, wenn sie wach sind. Das müsstest du mal ausprobieren."

Das gab Markus einen Stich. Musste sie denn wirklich immer auf dem einen Thema herumreiten? Er beschloss, die Spitze zu ignorieren.

„Morgen muss ich nicht ganz so früh zum Dienst. Da wollte ich mit den Kindern frühstücken. Vielleicht könnte ich mit ihnen zusammen Brötchen holen, was meinst du?"

„Klingt gut. Aber was ist der Haken, dass du erst später los musst?"

Er seufzte, weil er wieder das Thema ansprechen musste. „Es wird wieder spät, leider. Hebst du mir morgen etwas vom Mittag auf? Ich komme garantiert nicht zum Essen, weil die Vernehmungen erst um elf beginnen. Deshalb kann ich auch mit euch frühstücken."

Ein tiefes Seufzen kam vom Sofa her. Aber offensichtlich hatte auch Susanne keine Lust mehr, das Thema Arbeit auszuwalzen.

Kapitel 12

Markus lehnte sich in seinem Sofa zurück. „Ich habe ihr nie etwas vorgemacht. Sie wusste von Anfang an, worauf sie sich einließ, wenn sie eine Beziehung mit mir wollte. Wir haben sogar darüber gesprochen – schon bevor wir geheiratet haben -, dass es besser ist, wenn sie nicht arbeitet, falls wir Kinder wollen. Und sie wollte, mehr als ich anfangs." Er seufzte bei der Erinnerung an ihre erste Zeit.

Nils hatte bis hierher ruhig zugehört. Jetzt beugte er sich vor. „Und? Hat es ihr dann etwas ausgemacht, als sie ihre Arbeitsstelle verlassen musste?"

Markus lachte bitter auf. „Nein. Überhaupt nicht. Sie ist Reiseverkehrskauffrau, so, wie man sich das vorstellt, im Reisebüro, chic angezogen und wenn Leute verreisen wollen, dann sucht sie ihnen etwas Nettes aus. Aber dadurch, dass viele übers Internet buchen, wäre ihre Stelle über kurz oder lang weg gewesen. Das Reisebüro musste schließen, sie hatten schon die Empfehlung, sich nach einer anderen Stelle umzusehen. Susanne kam es sehr gelegen, dass sie keine Bewerbungen mehr schreiben musste. Zumal bei den anderen Kollegen die Angst dazu kam, dass es beim neuen Arbeitsplatz auch nicht besser würde. Die Situation hatte sich ja nicht geändert. Nein, Susanne wurde beneidet, dass sie das nicht mitmachen musste."

Sie waren inzwischen beim Nachtisch angekommen. „Die Spekulatiuscreme ist ein Gedicht." Nils schloss genießerisch die Augen. „Und als die Kinder dann da waren? Immer noch glücklich?"

Jetzt lächelte Markus bei dem Bild, wie sie mit Felix aus dem Krankenhaus gekommen waren. Er war so winzig und wirkte so zerbrechlich. „Wir waren beide überglücklich. Zu der Zeit konnte ich mir drei Wochen Urlaub nehmen und sie mit dem Kind und dem Haushalt unterstützen. Als ich dann wieder losmusste, hat sie schon manchmal gestöhnt, aber ich bin davon überzeugt, dass sie glücklich war. Wir haben dann ja auch noch Svenja bekommen. Die war noch eine Spur fordernder als Felix, aber es war eine schöne Zeit. Und jetzt ist alles kaputt."

Markus hatte seinen Nachtisch noch nicht angerührt. Er schaute Nils an. „Warum, Nils? Warum lässt Gott das zu? Ich bin Christ und versuche so gut wie ich kann, mein Leben nach Jesus auszurichten. Warum lässt Gott zu, dass meine Frau, die ich immer noch liebe, mich verlässt? Und mir dann auch noch meine Kinder vorenthält? Das kann doch nicht sein Wille sein. Er will doch, dass Familie funktioniert, oder? Habe ich etwas getan, dass ich keine Familie haben darf?"

Nils nickt. „Ja, es gibt verschiedene Stellen in der Bibel, die zeigen, dass Gott Familie will. Aber du hast den Eindruck, dass Gott dich für irgendetwas mit dieser Situation bestraft?"

Markus zuckte die Schultern. „Ich wüsste nicht, was ich verbrochen haben sollte, um solche Strafe zu verdienen. Aber immer, wenn ich denke, jetzt kann es nicht mehr schlimmer kommen, dann passiert wieder etwas."

Nils schüttelte den Kopf. „Gott bestraft dich nicht. Nicht so jedenfalls. Die Strafe für unsere Sünden ist der Tod. Und wenn du Christ bist, hat Jesus diese Strafe am Kreuz für dich auf sich genommen. Es gibt also für Gott keinen Grund, dich zu bestrafen."

Markus fuhr sich mit den Fingern in die Haare. „Aber warum dann?"

Nils stützte seine Ellenbogen auf die Knie. „Ich glaube nicht, dass Gott direkt etwas damit zu tun hat. Er hat bei der Erschaffung der Welt dem Menschen den freien Willen gegeben. Dir und mir und auch deiner Frau. Und wenn deine Frau beschließt, dir weh zu tun, wird er sie nicht daran hindern. Er hat nicht einmal die Soldaten daran gehindert, seinen Sohn zu schlagen und ans Kreuz zu nageln, obwohl er es gekonnt hätte. Jesus hat im Garten Gethsemane zu Petrus gesagt: Glaubst du nicht, mein Vater würde eine Legion Engel schicken, wenn ich ihn darum bäte? Aber er hat es nicht getan."

Markus schluckt. „Und im Garten Gethsemane hat er bestimmt genug Angst gehabt, um die Alternative in Betracht zu ziehen."

Nils nickt. „Ja, das stimmt. Aber was auch wichtig ist: Die Soldaten und Schriftgelehrten hatten beschlossen, Jesus etwas anzutun. Das hat nicht Gott gemacht. Aber er kann aus dem, was Menschen Böses machen, etwas Gutes machen.

Ein anderes Beispiel: Als die Brüder von Josef ihn in die Zisterne warfen und verkauften, wollten sie Josef etwas Schlechtes. Sie haben ihn so sehr gehasst, dass sie ihn nie wiedersehen wollten. Aber aus dieser durch und durch bösen Lage rettete Gott ihn und seine Familie und damit das Volk Israel vor einer Hungersnot. Zum Ende des ersten Buch Mose steht ein Vers, den Josef zu seinen Brüdern sagt: *Ihr gedachtet es böse zu machen, Gott aber gedachte es gut zu machen.*

Gott verhindert nicht, dass sich die Menschen gegenseitig Schlimmes zufügen, weil er ihnen den freien Willen dazu gegeben hat. Aber er kann etwas Gutes daraus entstehen lassen."

Markus saß da, den Kopf in den Händen vergraben. „Was soll aus dieser Situation denn noch Gutes entstehen? Meine Frau ist weg, meine Kinder sind weg und ich sitze hier in dieser verlassenen Einöde. Es ist Pandemie und man darf sich nicht mit jemandem treffen. Ich kann keine neuen Freunde finden, selbst in der Gemeinde kann man sich nicht kennenlernen, weil man nicht im Anschluss zum Kaffeetrinken bleiben kann, oder zum Essen irgendwo eingeladen wird." Er sah auf. „Dir geht es doch ähnlich. Du kommst doch aus einer großen Stadt in dieses Kaff und bist doch auch ganz alleine."

Nils lächelte. „Ich bin nicht alleine. Ich sitze hier mit

dir bei einem schönen Essen. Und du bist auch nicht alleine."

Markus schüttelt leicht den Kopf. „Nein, heute nicht. Aber du weißt was ich meine."

„Ach, Markus. Ich sehe, wie verzweifelt du bist. Und in Teilen hast du recht. Deine Frau ist weg und ich kann dir nicht sagen, wie das für dich weitergeht. Ich kann dir aber eines fest versprechen: Gott liebt dich. Er will nicht, dass du so leidest. Und er wird es zum Guten führen. Zum Guten für dich und für die, die dir wichtig sind.

Dass deine Kinder weg sind, stimmt so nicht. Der Antrag deiner Frau ist doch noch gar nicht durch. Vielleicht wird er abgelehnt und du kannst deine beiden Mäuse regelmäßig sehen. Und dass du keine neuen Freunde kennenlernen kannst, stimmt so auch nicht. Du hast mich kennengelernt und deine neue Kollegin Helena scheint sehr nett zu sein. Gut, die Pandemie macht es einem schwer, in einer neuen Gemeinde heimisch zu werden, aber sie wird nicht ewig dauern. Und wenn wir mal ehrlich sind: Du hast es bis jetzt auch noch nicht versucht, oder? Ich habe dich bisher jedenfalls nicht in meiner Gemeinde gesehen."

Jetzt musste Markus tatsächlich schief lächeln. „Nein, ich war wirklich noch nicht da. Vielleicht sollte ich das endlich in Angriff nehmen. Predigst du in nächster Zeit?"

114

Nils lächelte jetzt auch „Du meinst in der Gemeinde und nicht privat bei dir? Ich haben die Neujahrspredigt, am 01.01. um 17.00 Uhr. Falls es nicht mit deinen Arbeitszeiten kollidiert. Aber morgen predigt Pastor Ewers. Und wie ich mitbekommen habe, hältst du dir den Sonntag gerne frei."

Markus nickte. „Ja, wenn es irgend geht. Und wenn man es wirklich will, haut das auch hin. In Ordnung, dann sehen wir uns morgen im Gottesdienst.

Kapitel 13

Helena stand in der Haustür. „Papa? Ich bin wieder da!"

Nichts regte sich. Aber wie immer, wenn sie von draußen reinkam, bemerkte sie den Geruch nach Hund, nach Essen und nach altem Mann. Ihr Vater weigerte sich, die Fenster zu öffnen und zu lüften. „Kind, wenn jemand reinkommt. Du bist doch bei der Polizei, du musst doch wissen, wie schnell ein Einbruch da ist."

Ihre Rede, dass er ja da sei, dass der Hund im Haus sei, alles winkte er ab. Er hatte es sich in den Kopf gesetzt, dass Lüften gefährlich war. Nun, Altersstarrsinn halt.

Helena schaute auf die Uhr. Inzwischen war es fünf Uhr, nicht Vaters Zeit, um mit dem Hund zu gehen. Gewöhnlich rief er ihr einen Gruß zu oder kam zur Tür, wenn sie rief. Sie lief ins Wohnzimmer. Ihr Vater saß vor dem Fernseher, die Kopfhörer, die sie ihm zu Weihnachten geschenkt hatte, auf den Ohren. Puh, gut, nichts passiert. Die linke Kopfhörermuschel lupfend sagte sie: „Ich bin wieder da, Papa. Wenn du alleine bist, kannst du auch so fernsehen. Dann stört mich das ja nicht."

Ein freudiges Strahlen ging über Papa Besselings Gesicht. „Da bist du ja. Können wir jetzt Weihnachten feiern?" Er legte den Kopfhörer zur Seite. „Das Ding ist angenehm, man wird beim Fernsehen nicht durch

Zwischengeräusche abgelenkt. Aber als Harro um meine Beine strich, habe ich mich richtig erschrocken, weil ich ihn nicht kommen gehört hatte."

Helena lachte. „Kommst du mit in die Küche? Ich koche jetzt unser Weihnachtsessen."

Langsam schälte sich ihr Vater aus dem Sessel. „Was gibt's denn?"

„Das, was du dir gewünscht hast, Papa. Westfälisches Zwiebelfleisch."

„Aber das ist ein Hochzeitsessen. Das habe ich mir gewünscht, wenn du mal heiratest."

Dieser Satz versetzte ihr einen Stich. „Das dauert ja noch. Da können wir es zwischendurch ruhig nochmal kochen."

Er nickte. „Was gibt es denn?"

Helena stöhnte. „Komm nachschauen, Papa."

Sie briet das Fleisch an, während ihr Vater das Suppengrün schnippelte. Dabei erzählte sie ihm vom Mord im Wasserschlösschen. Seit einiger Zeit, brauchte sie sich nicht mehr in Acht zu nehmen, was sie erzählte, denn ihr Vater vergaß sowieso alles und konnte es nicht mehr weitererzählen.

Als der Braten im Topf vor sich hin simmerte, setzten sie sich vor den Fernseher. Dort ging es ihrem Vater am besten, er stellte keine Fragen, die sie schon zwanzigmal beantwortet hatte, und er lief nicht

herum und musste überall nachschauen. Dann saß er
ganz friedlich da. Aber nach einem langen Tag
brauchte sie ihre Ruhe. Die Lautstärke, mit der ihr
Vater fernsah, überforderte ihr Nerven. Deshalb
hatte sie ihm zu Weihnachten die Kopfhörer geschenkt. Jetzt setzte er sie wieder mit einem ver-
schmitzten Lächeln auf und widmete sich dem Un-
terhaltungsprogramm. Wie ein kleines Kind, das
man mit schlechtem Gewissen vor dem Fernseher
parkt und ungeeignete Sendungen anschauen lässt,
nur um ein bisschen Ruhe zu haben. Außer, dass sie
kein schlechtes Gewissen haben musste, denn Spät-
folgen waren bei einem über Achtzigjährigen wohl
nicht zu erwarten. Und er liebte es, Fernsehen zu
schauen, warum also nicht.

Sie stand auf und ging nach oben in ihr Zimmer. Auf
ihrem Bett liegend rief sie ihre E-Mails ab, und
führte ein paar Telefonate mit Freundinnen. Dass
man sich nicht treffen durfte, solange es galt, das
Corona-Virus einzudämmen, war ihr klar, aber es
dauerte zu lange. Seit letztem Februar gab es immer
wieder Regelungen, mit wieviel Personen man Kontakt haben durfte. Sicher, im Sommer war es etwas
lockerer gewesen, weil man draußen sein konnte,
aber die Abstandsregelung von mindestens 1,5 Metern hatte durchgehend bestanden.

Helena wollte sich wieder mit ihren Freundinnen im
Café treffen, sich zur Begrüßung umarmen, noch
schnell ein paar Kleinigkeiten im Laden besorgen,
ohne Einkaufswagen, ohne Maske, ohne

Desinfektion. Oder in der Stadt bummeln gehen. Mit drei Freundinnen im Zug nach Münster fahren, bummeln gehen, Eis essen und alles ohne Abstand, ohne Maske, ohne Kontaktbeschränkung. Ob es das alles je wiedergeben wird?

Dieses Virus wird unser Leben nachhaltig verändern, und damit sind nicht nur die Nachwirkungen gemeint, wenn jemand diese Krankheit hatte. Werden wir uns in Zukunft noch umarmen oder uns auch nur die Hand zur Begrüßung geben? Halten wir auf Dauer schon aus Gewohnheit 1,5 Meter Abstand ein? Helena wurde das Herz schwer. Sie war so alleine. Ihre Mutter tot, ihr Vater verschwand immer mehr in der Vergangenheit. Geschwister hatte sie nicht. Und der Freund, den sie sich so wünschte, ließ auf sich warten. Sie wusste, wie schön es sein könnte.

Ihre Gedanken schweiften zu Benedikt nach Dortmund. Dort hatte sie gearbeitet, als es ihrem Vater noch gut ging. Zu ihrem Leben hatte Benedikt gehört. Damals. Lange vorbei. Den Umzug zurück in ihre Heimat hatte diese Liebe nicht überstanden. Aber es war richtig gewesen, zurückzukommen. Hier gab es einfach nicht genug Pflegeplätze und sie wollte, dass ihr Vater so lange es irgendwie ging, in seinem Haus bleiben konnte. Mit seinem Harro, seinem besten Freund.

Sie sagte sich immer wieder, dass ihre Liebe zu Benedikt diese Trennung hätte überstehen müssen, wenn es für ein Leben lang halten sollte, aber das hatte es nicht getan. Aber es war schön gewesen und sie wollte wieder einen Freund.

Dieser Nils war toll. So süß und einfühlsam. Der wäre etwas für sie. Aber der Beruf. Pastor. Helena hatte mit Glauben nichts am Hut. Man lebte hier, jeder so gut wie er konnte und irgendwann war Schluss. Da gab es keine höhere Macht, die in das Leben eingriff und bei guter Führung ein Leben nach dem Tod versprach. Das war doch alles nur Geschwätz für die Leute, die den Hintern nicht hochbekamen, dass es später einmal besser würde.

Seufzend erhob sich Helena. Sie musste nach dem Essen schauen. Und ob es was mit Nils würde, oder nicht, das würde man schon sehen. Und das mit dem Pastor-Sein auch. Hatte er nicht gesagt, dass er eigentlich lieber Kommissar sein würde? Na bitte, das konnte man doch hinbekommen.

Nach dem Essen lehnte sich Helena in ihrem Stuhl zurück. Auch ihr Vater schaute glücklich. „Waren aber diesmal nicht genug Zwiebeln", meinte er.

„Papa, es waren doppelt so viel, wie im Rezept angegeben." Vier Zwiebeln pro Person konnte man nicht als knapp bemessen bezeichnen.

„Im Rezept deiner Mutter waren es mehr!" Nein, aber Helena wollte keine Diskussion mehr über das Thema. Wenn es nicht nach Zwiebeln schmeckte, mochte ihr Vater es nicht. Vielleicht wären gefüllte

Zwiebeln mal eine Alternative. Aber mit was sollte sie sie füllen? Am besten mit Zwiebelwürfeln.

„Du kannst dich noch ein bisschen vor den Fernseher setzen, ich mache dann den Abwasch."

Vor sich hin nickend verschwand ihr Vater im Wohnzimmer. Bis zehn würde er dort sitzen, und dann noch eine Runde mit Harro drehen. Diese Rituale halfen ihm, den Kontakt zur Gegenwart nicht zu verlieren. Aber sie erschwerten spontane Unternehmungen. Um zehn musste sie zu Hause sein, um ihrem Vater mit den Schuhen und der Jacke zu helfen, denn ihr Vater merkte nicht mehr, wenn er in Hausschuhen und Hemdsärmeln bei Minusgraden das Haus verließ.

Und eine halbe Stunde früher oder später brachten ihn aus seinem Tagesrhythmus und er war am nächsten Tag noch verwirrter. Beklommen dachte sie an die Zeit, wenn er nicht mehr alleine bleiben konnte. Irgendwann würde er sich aus dem Haus schleichen und nicht zurückfinden. Solange er Harro mitnahm, war alles in Ordnung, aber wenn er sich nicht anzog, konnte auch der Hund nichts machen. Dann müsste er ins Heim. Besser noch nicht dran denken, es konnte auch noch eine ganze Zeit gut gehen.

Um Zehn zog sie ihrem Vater eine dicke Daunenjacke an, setzte ihm eine Mütze auf und legte ihm einen Schal um. Die dicken Stiefel konnte er alleine anziehen.

„Hoffentlich schneit es nicht wieder", murmelte der alte Mann.

„Wieso?" Helena schaute ihn an. „Hat es gestern geschneit, als du draußen warst?"

Er nickte. „Kaum war ich mit Harro unterwegs, fielen die ersten Flocken. Als ich wieder da war, gab es schon eine richtige Schneeschicht auf der Straße."

„Heute schneit es nicht. Es gibt höchstens Regen." Helena streifte ihm die Kapuze über und ihr Vater verließ mit Harro an der Leine das Haus.

Gestern hatte es tatsächlich geschneit, dachte Helena. Erstaunlich, dass er sich das gemerkt hat. Das ist ein gutes Zeichen, vielleicht schreitet die Demenz nicht so schnell voran, wie befürchtet.

Jetzt würde sie noch auf ihren Vater warten, darauf achten, dass er sich bettfertig machte, und dann selbst ins Bett fallen. Der Tag war lang und anstrengend gewesen. Gut, dass morgen frei war.

Kapitel 14

Am Montagmorgen trafen sich Helena und Markus in der Dienststelle, um ihr weiteres Vorgehen abzusprechen. Sie saßen im Obergeschoss in ihrem Raum. „Das Wichtigste ist", meinte Helena, „Dass wir herausbekommen, ob Gerd Wiemann von der Buchprüfung wusste, und ob er die Gelder unterschlagen hat. Aber wer, außer dem Geschäftsführer, könnte davon wissen?"

Markus hatte das Kinn in die Hände gestützt und rieb mit beiden Zeigefingern seinen Nasenrücken. „Wenn er den Geschäftsführer in Verdacht hatte, hat er ihm sicherlich nichts davon gesagt."

„Naja, warum nicht? Er konnte ja nichts mehr dagegen unternehmen. Und Roland von Rothenstein war wohl kein besonders netter Mann. Ich kann mir gut vorstellen, dass es ihm Spaß gemacht hat, dem Schwiegersohn auch noch das Fest zu verderben. Er konnte verhindern, dass er in die Firma fährt, um noch irgendwelche Umbuchungen oder so vorzunehmen. Oder glaubst du das nicht?"

Markus hörte auf, seine Nase zu reiben uns blickte Helena an. „Doch. Es hätte ihm das Fest versüßt. Höchste Zeit, sich mal in der Firma umzuschauen. Komm."

Er schnappte sich den Autoschlüssel zum Dienstwagen und die beiden fuhren hinaus aus der Innenstadt. Eine Zeitlang folgten sie einem Auto, dass eine altmodische umhäkelte Toilettenpapierrolle auf der Heckablage hatte. Helena grinste. „Hoffentlich ist der Wagen vor uns einbruchsicher. Man sollte seine Wertsachen wirklich nicht so offen rumliegen lassen."

Markus brauchte einen Moment, bis er die Klopapierrolle entdeckte. Er lachte. „Ist ja getarnt."

Als ein knappes Jahr zuvor die Läden schließen mussten, und nur noch Supermärkte geöffnet waren, kauften die Leute – aus welchem Grund auch immer – Klopapier in rauen Mengen. An manchen Tagen war es ausverkauft, so dass die Mengen pro Haushalt reglementiert werden mussten. Dabei hatte niemals ein echter Engpass bestanden. Aber weil Klopapier für einige Wochen ein seltenes Gut war, kursierte der Witz, dass man damit sogar bezahlen könne.

Sie hielten sich lange auf einer Landstraße, die irgendwann in die B525 mündete. Von dort waren sie in wenigen Minuten in Coesfeld, wo sich in den Außenbezirken Rothenstein Productions befand.

Der helle Kubus-artige Bau wirkte steril und abweisend auf Markus. Er parkte auf einem der Besucherparkplätze. Der Parkplatz war nicht voll, nur vereinzelt standen ein paar Autos dort. Nun, zwischen den Jahren wurde nicht gerne gearbeitet. Beim Pförtner, der gerade den Roman weglegte, als sie auf ihn zukamen, meldeten sie sich bei Rothensteins Sekretärin an, die heute im Hause war. Der Aufzug brachte sie

124

in den dritten Stock. Von dort hatte man einen herr-
lichen Blick über das Umland. Frau Riemenschneider kam ihnen entgegen, die Augen gerötet vom
Weinen. „Ich habe es gerade erst gehört", piepste sie.
„Entschuldigen Sie bitte."

Sie ging voraus in ein geräumiges Büro mit Vorzim-
mer. „Setzen Sie sich schon mal, ich bringe Kaffee."
Sie verließ die Kommissare, die sich auf die bequeme
Couch setzten.

„Sie glaubt wohl, dass wir hier sind, um ihr die
Nachricht vom Tod ihres Arbeitgebers zu bringen",
raunte Markus.

Helena nickte. „Und die Arbeitsabläufe sind ziemlich eingefahren, Gäste hereinbitten und Kaffee anbieten. Gleich wird ihr einfallen, dass ihr Chef gar
nicht mehr da ist."

„Mach du die Befragung. So von Frau zu Frau. Aber
frag sie auch nach der Firma, was sie so machen. Unsere Angaben sind etwas wage."

Helena nickte, als Frau Riemenschneider mit einem
Tablett das Büro betrat. Sie verteilte die Kaffeetassen
und stellte Milch und Zucker nebst einen Plätzchenteller dazu. Dann setzte sie sich den Kommissaren
gegenüber. Sie wirkte verlegen, als sie sagte: „Normalerweise würde ich mich nie dazusetzen, aber Sie
wollen mich bestimmt etwas fragen."

Markus fragte sich, ob es unter Pandemiebedingun-
gen noch üblich war, den Gästen Kaffee und

Plätzchen anzubieten. Schließlich musste dazu die Maske abgenommen werden, was nur unter strenger Einhaltung der Abstandsregeln möglich war. Aber vielleicht hatte Herr von Rothenstein das nicht so eng gesehen. Und letztlich war er ja auch nicht an Corona gestorben. Also wollte er auch so höflich sein und nicht auf die Beschränkungen hinweisen.

Helena lächelte sie gewinnend an. „Richtig, Frau Riemenschneider. Können Sie uns sagen, was die Firma herstellt?"

Frau Riemenschneider setzte sich aufrecht hin. „Ja, natürlich. Wir arbeiten an der Entwicklung CO_2-neutraler Automotoren. Aber keine Elektroautos, sondern auf Wasserstoffbasis." Sie wurde wieder verlegen, als sie erklärte: „Ich kenne mich da nicht wirklich aus. Ich bin ja auch für das Büro zuständig und nicht für die Entwicklung und die Produktion."

„Ein allgemeiner Überblick reicht mir schon", gab Helena zurück. „Wissen Sie, wie weit die Entwicklung fortgeschritten ist?"

„Ja, sie war so gut wie abgeschlossen. Sicherlich haben Sie gehört, dass in Münster die ersten Busse mit Wasserstoff-Motoren fahren. Im kommenden Jahr fahren wir die Produktion für Personenwagen an und stellen Anträge auf

Zuschüsse von Staat und dass unsere Motoren als umweltverträglich eingestuft werden. Aber das ist reine Formsache, denn sie sind wirklich umweltfreundlich."

Jetzt befand sich Frau Riemenschneider offensichtlich auf sicherem Terrain.

Helena lächelte sie freundlich an. „Danke. Gab es Probleme in den letzten Tagen? Hat Herr von Rothenstein sich Sorgen gemacht?"

Die Sekretärin schüttelte energisch den Kopf. „Sorgen? Nein, nicht, dass ich das mitbekommen hätte. Und ich hätte das mitbekommen, das können Sie mir glauben."

„Keine Probleme mit den Patenten, Sorgen um Betriebsspionage, sowas in der Richtung?"

Jetzt lächelte Frau Riemenschneider sogar etwas. „Nein. Das Patent haben wir gekauft, und um Betriebsspionage hat Herr von Rothenstein sich keine Sorgen gemacht. Eher zu wenig als zu viel, wie ich finde. Er hat sich so auf dieses Jahr gefreut…" Wieder flossen die Tränen.

„Frau Riemenschneider, wir suchen nach dem Menschen, der ihrem Chef das angetan hat. Haben Sie eine Idee, wer einen Grund dazu gehabt haben könnte?"

Die Sekretärin schaute auf. „Wer einen Grund gehabt haben könnte, Herrn von Rothenstein zu töten? Keiner! Er war ein guter Chef. Wir haben einen Mitarbeiterstamm, der schon seit Jahren bei uns ist. Hier kündigt keiner, der nicht aus wichtigen Gründen muss. Da hat auch niemand einen Grund, ihn umzubringen."

„Und von der Konkurrenz kann es auch keiner gewesen sein, oder?"

Unter Tränen schüttelte sie den Kopf. „Nein, das würde auch keinen Sinn machen. Das Werk läuft auch so weiter, weil wir schon seit langem einen Geschäftsführer haben."

„Herr Wiemann, den Schwiegersohn, richtig? Wie war das Verhältnis von den beiden?"

„Naja, sie haben sich stehen lassen, aber so viel hatten sie nicht miteinander zu tun."

128

„Gab es keine Kompetenzstreitigkeiten, schließlich konnte Herr Wiemann die Geschäfte ja nicht wirklich führen, solange Herr von Rothenstein hier war und Anweisungen gab."

Frau Riemenschneider nickte. „Ja, das stimmt wohl. Ich kenne Herrn Wiemann nicht so gut, weil er seine eigene Sekretärin hat, die Gaby. Aber wir gehen zusammen in die Mittagpause, die Gaby und ich, und sie erzählt manchmal, wie er sich ärgert, wenn er eine Linie vorgibt, die die Firma fahren soll und Herr Rothenstein alles über den Haufen wirft."

Jetzt nickte Helena. „Das kann man sich ja vorstellen. Erzählt die Gaby sonst noch etwas?"

Frau Riemenschneider kniff die Lippen zusammen. „Nein. Wir reden mehr privat."

Ok, hier war die Grenze. Helena verstand, dass in dieser Richtung nichts mehr aus ihr herauszubekommen sein würde.

„Wir haben gehört, dass in den nächsten Tagen eine Betriebsprüfung ins Haus steht. Wissen Sie davon?"

Die Sekretärin machte große Augen. „Woher wissen Sie das? Das war topsekret."

Markus verdrehte die Augen, aber Helena beugte sich zu Frau Riemenschneider. „Wir sind in einer Mordermittlung. Da gibt es kein „topsekret" mehr. Was wissen Sie darüber? Warum das Ganze? Hatte Herr von Rothenstein einen Verdacht?"

Frau Riemenschneider räusperte sich. „Also ich weiß davon, weil der Schriftverkehr über mich lief. Die Betriebsprüfung macht das Steuerberatungsbüro Heinrich und Herrlich. Am vierten Januar fangen sie an."

„Ist das eine Prüfung im Rahmen der vorgeschriebenen Prüfungen?"

„Nein. Es...Herrn von Rothenstein sind Unregelmäßigkeiten in den Büchern aufgefallen. Es soll geklärt werden, ob Gelder veruntreut wurden und wer dafür in Frage kommt."

130

Helena nickte zufrieden. Das war die richtige Schiene. „Na gut. Hatte Herr von Rothenstein da einen Verdacht?"

Sie druckste herum. „Ich habe mitbekommen, wie er ein Gespräch mit Herrn Wiemann hatte. Ich brachte gerade den Kaffee, da hörte ich, wie Herr Wiemann laut wurde und meinte, es sei eine Unverschämtheit, ihn zu verdächtigen, wo er sich so für die Firma aufreibt und doch nichts erreicht, weil ihm immer Knüppel zwischen die Beine geworfen würden."

„Was hat Herr von Rothenstein darauf erwidert?"

„Er würde gut bezahlt und er ließe sich nicht die Firma ruinieren, solange er noch etwas zu sagen hätte. Und sollte sich sein Verdacht bestätigen, wäre Herr Wiemann längste Zeit Geschäftsführer gewesen."

„Gut. Aber warum haben Sie das nicht gleich gesagt? Das ist doch ein sehr starkes Motiv, oder nicht?"

Frau Riemenschneider knetete ihr Taschentuch während sie auf den Boden schaute. „Ich habe mir angewöhnt, nie über das zu sprechen, was in diesen vier Wänden passiert."

Helena nickte. Sie war eben eine gute Sekretärin. „Was wird nun aus Ihnen? Haben Sie sich schon Gedanken darüber gemacht?"

Sie schüttelte den Kopf. „Nein, ich habe es ja gerade mal vor einer Stunde erfahren. Aber ich glaube, ich gehe. Ohne Herrn von Rothenstein ist es nicht mehr dasselbe."

Die beiden Kommissare nickten und erhoben sich. „Danke, Frau Riemenschneider, wir finden alleine hinaus."

Auf dem Parkplatz nahmen sie die Masken ab, und atmeten tief durch. Die Trauer der Sekretärin war bedrückend gewesen.

„Aus dem beruflichen Umfeld hatte wohl wirklich keiner einen Grund, ihn zu töten. Außer dem Schwiegersohn. Als er am Abend angeblich auf die Toilette verschwunden ist, hätte er auch seinen Schwiegervater zur Rede stellen können, ihn umbringen und sich wieder zu Frau und Schwager gesellen können."

Helena war skeptisch. „Hätte er keine Blutflecken auf der Kleidung befürchten müssen?"

„Nein, der Brieföffner steckte wie ein Pfropf in der Wunde. Aber das ist auch egal, wenn wir von einem spontanen Mord ausgehen.

Gibt es ein privates Umfeld außer der Familie? Das sollten wir abchecken." Markus fuhr sich mit den Fingern durch die Haare.

Helena wirbelte ihre Maske an einem Finger durch die Luft. „Ja, er könnte Freunde gehabt haben, an einen Kegelclub glaube ich jetzt weniger. Sollen wir noch bei Frau Herscheid voreifahren? Oder klären wir das telefonisch?"

Markus zögerte. Das Wasserschlösschen lag in der anderen Richtung von Billerbeck aus gesehen. Aber eine Befragung per Telefon war nie so ergiebig wie eine persönliche. Manchmal ergab sich eine weitere Frage aus einer Mimik, aus einer Geste oder auch nur aus der Körpersprache und er wusste: Hier musste man nachhaken. Bei einem Telefonat fehlten diese Hinweise. „Nein, wir fahren hin. Vielleicht ergibt sich im Gespräch noch etwas."

Sie stiegen wieder ein und machten sich auf zum Herrenhaus.

Als sie bei dem Haus von Roland von Rothenstein ankamen, stießen sie auf vier Reiter, die gerade vom Hof wollten. Bei genauerer Betrachtung entpuppten sie sich als Andreas von Rothenstein mit Frau und die Wiemanns. Helena was entrüstet. „Na, der Vater noch nicht unter der Erde und die Kinder testen schon mal die Pferde."

Markus beruhigte sie. „Das wissen wir doch gar nicht. Vielleicht gibt es eine logische Erklärung."

Helena schnaufte. „Sicher. Der Lachs ist ausgegangen und das Auto springt nicht an."

Markus ließ das Seitenfenster herunter und Andreas von Rothenstein kam näher. „Guten Morgen. Heute ein Ausritt geplant?"

Andreas von Rothenstein lächelte. „Geplant? Nein. Aber die Pferde müssen bewegt werden. Immer nur Koppel ist nicht gut für die Tiere."

Markus schaute sich suchend um. „Und ihr Bruder? Ist der nicht mit von der Partie?"

„Wenn der sich fortbewegen soll, muss mindestens ein Gaspedal vorhanden sein. Nein, er schläft sicher noch."

Markus hob grüßend die Hand, während er die Scheibe wieder hochfahren ließ." Er wartete, bis die Pferde den Innenhof verlassen hatte, bevor er auf die Brücke fuhr.

„Nun haben wir Frau Herscheid wenigstens für uns. Der kleine Bruder wird so schnell keinen Kaffee wollen und der Rest ist nicht da."

Frau Herscheid bat die Kommissare in die Küche und setzte Kaffee auf. Dazu gab es Schmalzbrote.

Markus sah sich um. „Frau Herscheid, ich würde das Gespräch lieber draußen führen. Gibt es da vielleicht eine Möglichkeit?"
Frau Herscheid schaute ihn fragend an. „Es herrscht Pandemie. Eigentlich dürfen wir hier nicht essen und trinken. Deshalb ist es draußen besser."

Sie nickte. „Ach so. Ja, dann am besten vor den Haupteingang. Da können wir die Teller und Tassen auf der Mauer abstellen."

Markus schnappte sich zu seiner Tasse Kaffee den Teller mit den Schmalzbroten, Frau Herscheid trug drei Teller und Helena nahm ihre und die Tasse von Frau Herscheid mit nach draußen.

„Wie kann ich Ihnen denn weiterhelfen?", wollte die Haushälterin wissen, als sie die Kaffeetasse absetzte.

„Wir möchten gern wissen, ob Herr von Rothenstein Freunde hatte." Helena schaute sie freundlich an. „Und ob es vielleicht in letzter Zeit Streit gab."

Frau Herscheid wirkte nachdenklich. „Wirkliche Freunde? Da fällt mir nur der alte Döveling ein, unser direkter Nachbar, auch wenn das hier nicht viel heißt." Sie lächelte. „Aber da gab es keinen Streit. Herr Döveling ist mobil sehr eingeschränkt und die beiden spielen per Skype Schach."

Helena krauste die Stirn. „Was genau heißt „Mobil sehr eingeschränkt"? Hat er kein Auto?"

Frau Herscheid schaute verlegen. „Nein, er konnte kaum noch laufen, nur noch mit dem Rollator ein paar Meter. Er verbrachte wohl den größten Teil seiner Zeit in seinem Sessel oder im Bett."

Na gut, ein nahezu bettlägeriger Mann kam wohl kaum als Täter in Frage. „Und sonst? Hat er manchmal Besucher eingeladen? Zur Jagd zum Beispiel. Er hat doch Pferde."

„Ja, seine Pferde hat er geliebt. Aber auf seinen Ausritten war er am liebsten alleine. Selbst wenn die Kinder da waren, hat er sich frühmorgens aus dem Haus geschlichen, damit die Kinder nicht mitkommen wollten." Sie lächelte bei der Erinnerung.

Helena wurde jetzt deutlicher. „Frau Herscheid, wir versuchen, den Täterkreis auch auf Personen außerhalb der Familie auszuweiten. Können Sie uns helfen? Fällt Ihnen nicht irgendjemand ein?"

Frau Herscheid zog die Brauen zusammen, in dem verzweifelten Versuch, sich einen passenden Namen aus dem Hirn zu quetschen. Aber schließlich schüttelte sie den Kopf. „Es tut mir leid, aber ich kann mir beim besten Willen nicht vorstellen, wer den Herrn ermordet haben könnte und warum. Ich kann es mir auch bei den Kindern nicht vorstellen, aber irgendjemand muss es ja getan haben."

Markus seufzte. Da gab es nichts, wo man einhaken könnte. Sie wusste einfach nichts und sagte die Wahrheit, da war er sicher.

„Na gut, schönen Dank, Frau Herscheid." Auch Helena war inzwischen aufgestanden. Zusammen verließen sie das Haus. Im Auto meinte Helena: „Wir wollten noch das Alibi von Peter Herscheid überprüfen, das haben wir noch nicht gemacht."

„Nun ja, er hat vermutlich auch keins. Wenn er am Heiligen Abend in der Gärtnerei war, dann war er wohl alleine dort, denn der Rest der Menschheit hat Weihnachten gefeiert. Wenn er zuhause war, könnten Nachbarn ihn gesehen haben, aber spät am Abend ist das auch eher fraglich. Ich sehe aber nicht wirklich ein Motiv bei ihm. Er ist der Sohn der Haushälterin und manchmal auch der Gärtner. Welches Gesprächsthema könnte ihn so aufgebracht haben, dass er dem alten von Rothenstein einen Brieföffner in den Rücken rammt? Die Gestaltung der Rasenflächen? Selbst wenn er sich für ein gärtnerisches Thema so ereifern könnte, es ist Winter. Was gäbe es da so Dringendes zu besprechen, das an Heiligabend nach 22.00 Uhr diskutiert werden muss? Nein, Helena, ihn sehe ich nicht als den Täter. Lass uns lieber auf Gerd Wiemann und Andreas von Rothenstein konzentrieren. Ist Nicole Wiemann schon aus dem Rennen? Was meinst du?"

Helena überlegte. „Eigentlich schon. Sicher, sie hat ein Motiv, dass ihr Vater sie mit Gerd Wiemann verheiratet hat, aber warum soll sie ausgerechnet jetzt den Vater ermorden? Sie ist schon lange verheiratet."

Markus spann den Faden weiter. „Aber jetzt hat der Gemahl Gelder veruntreut. Vielleicht will er sich mit seiner Freundin absetzen, um ein neues Leben anzufangen. Diesmal ist es schlimmer und Nicole kann nicht einfach darüber hinwegsehen."

„Aber da wäre es doch logischer, den Ehemann zu ermorden. Was hat sie davon, wenn der Ehemann das Geld und die Freundin nimmt und sie auch keinen Vater mehr hat, zu dem sie zurückkann?"

Markus überlegte. „Die Tat geschah nicht überlegt. Jemand hat in Wut zugestochen. Ich glaube nicht, dass derjenige lange überlegt hat, welchen Vor- und Nachteile sich daraus ergeben. Wir haben im Prinzip das Motiv, nämlich Wut. Wer hatte solche Wut auf Herrn von Rothenstein, dass er sich in der Nacht aufmacht, um den alten Herrn zu ermorden?"

Helena kaute auf ihrer Wange. „Oder wer hatte ein so dringendes Anliegen, dass er sich in der Nacht oder am späten Abend aufmacht, um das Thema mit ihm zu besprechen. Und dann in so große Wut gerät. Welches Thema ist so dringend, dass er nicht bis zum nächsten Morgen warten kann, aber so unwichtig, dass er es nicht schon am Vortag besprochen hat? Schließlich waren die Leute schon seit mehreren Stunden zusammen."

Markus nickte. „Das ist ein guter Punkt. Warum nicht das Thema am Abend oder Nachmittag anschneiden? Sie waren alle zusammen. Er wollte über sein Anliegen mit ihm alleine reden, ohne die Familie."

Helena beschäftigte sich mit ihrer Maske. „Ja, aber alle Themen, die wir bei der Familie gefunden haben, würde man lieber unter vier Augen besprechen. Das engt den Täterkreis nicht ein."

138

Markus nickte. „Genau. Und jeder hätte ihn alleine in seinem Arbeitszimmer aufsuchen können, sein Thema anschneiden und ihm anschließend den Brieföffner in den Rücken rammen können. So kommen wir nicht weiter. Das Motiv ist bei einem Mord im Affekt von untergeordneter Bedeutung. Ein Alibi hat eigentlich keiner von den Kindern. Wir müssen über die Charakterschiene gehen. Wer würde von seinem Naturell her einen Mord auf diese Weise begehen?"

Helena überlegte. „Gerd Wiemann traut seinen Schwagern diese Tat nicht zu. Ich halte Dirk auch für zu phlegmatisch, um spontan mit einem Brieföffner zuzustoßen. Er wirkt auf mich eher wie der Typ, der erst mal abwartet, was passiert und dann vielleicht reagiert. Was denkst du?"

„Auf jeden Fall. Der ist so faul, dass es ihm der Mühe nicht wert wäre. Und Andreas? Ist der wirklich das Weichei, das Gerd Wiemann beschrieben hat? Eher heulen und betteln als zustechen?"

Helena lehnte sich in den Sitz zurück und dachte nach. „Ich denke schon. Klar, er hat sich ein Geschäft aufgebaut, aber es läuft nicht. Sicherlich ist auch die Wirtschaftskrise schuld, aber ich traue ihm nicht zu, dass er mehr Engagement zeigt, weil ihm die Kunden abspringen. Dann lieber Papa um Hilfe bitten. Aber andererseits kenne ich ihn nicht wirklich, es ist nur ein Eindruck."

Markus nickte. „Das ist das Problem bei dieser Einschätzung. Wir haben alle nur zweimal gesehen und gesprochen. Wir bräuchten jemanden, der die Familie schon lange kennt und uns sagen kann, wie die Personen unter Druck reagieren. Fällt dir jemand ein, den man fragen könnte?"

Helena schüttelte den Kopf. „Vielleicht bei ihnen zuhause. Ein Mitarbeiter von Andreas von Rothenstein wäre gut, aber er arbeitet alleine."

„Nun ja, wie siehst du die Frauen?"

Auch hier verneinte Helena. „Ich kann es mir nicht vorstellen. Marla von Rothenstein hat mit Sicherheit keine drei Sätze in ihrem Leben mit Roland von Rothenstein gewechselt. Sie würde nicht in sein Arbeitszimmer gehen, um mit ihm zu sprechen."

Markus hob eine Hand. „Nicht so schnell. Sie würde nicht auf eine Runde quatschen zu ihm gehen, das ist sicher richtig. Aber wir müssen davon ausgehen, dass sie ein echtes Anliegen hatte. Vielleicht hatte er die Bitte um Geld von ihrem Mann abgelehnt. Er ist traurig zu ihr gekommen und hat sich bei ihr ausgeheult und sie will die Sache jetzt in die Hand nehmen. Klingt das für dich stimmig?"

Helena ließ die geschilderte Szene auf sich wirken. „Nein. Marla von Rothenstein wirkt so außerhalb der Familie, sie würde es vielleicht ignorieren oder für ihrem Mann Stellenanzeigen raussuchen, aber mit dem Schwiegervater zu sprechen? Das glaube ich nicht."

„Ok, weiter. Was ist mit Nicole Wiemann?" Markus schaute vom Steuer kurz zu Helena. Die dachte nach. „Hm, wenn sie sich gut verstellt und ihren Vater zur Rede stellen wollte. Für was? Für die Heirat? Das ist zu spät. Für ihre Kindheit? Auch reichlich spät? Dafür, dass er ihrem Mann die Buchprüfung auf den Hals hetzt? Immer vorausgesetzt, sie wüsste davon? Nein, wie Nils auch schon gesagt hat, ihre Loyalität gehört dem Vater, nicht ihrem Mann."

Markus fasste das Lenkrad fester. „Wir müssen wissen, was bei der Leichenschau herausgekommen ist. Vielleicht ergibt sich ein neuer Punkt."

Seufzend kramte Helena ihr Handy aus der Tasche.

Der kurze Anruf wurde von ihrer Seite nur mit einigen „Hm" und „Ja" kommentiert.

„Also es ist so." Umständlich steckte sie das Telefon zurück in die Jeans. „Der Pathologe hat erst einen flüchtigen Blick auf den Alten von Rothenstein geworfen. Und wir sollen uns nicht so haben, weil die Todesursache doch sehr offensichtlich ist. Aber die Kriminaltechnik hat etwas herausgefunden. Im Büro wartet der Bericht auf uns."

„Na dann, auf ins Büro. Ist auch bald Mittag."

„Hör auf, du hast drei von den fetten Schmalzbroten verdrückt. Du kannst gar keinen Hunger haben."

„Stimmt, Hunger habe ich nicht, nur Appetit. Aber wieso hast du nichts gegessen? Die waren gut."

„Wenn ich ein Schmalzbrot esse, kann ich den Rest des Tages nichts mehr essen, weil ich meine Tagesration Kalorien schon zu mir genommen habe. Die Schmalbrote stammen aus der Zeit, als harte Feldarbeit auf der Tagesordnung stand."

Im Büro angekommen, druckten sie den per E-Mail eingegangen Bericht aus.

Helena schnappte ihn sich zuerst. „Hier ist der Bericht der Kriminaltechnik. Sie geht davon aus, dass der Ermordete erst kurz dort gesessen haben kann. Denn der Computer war aus und es gab kein Papier, an dem er gearbeitet haben könnte. Was soll er dort gemacht haben?"

Markus überlegte. „Könnte nicht der Täter den Computer ausgeschaltet haben?"

„Das passt dann aber nicht zu deiner Theorie, dass der Mord im Affekt verübt wurde. Der Täter sticht doch nicht wütend zu und als er merkt, was er getan hat, vernichtet er völlig klar im Kopf die Spuren. Viel wahrscheinlicher ist, dass er nach der Tat aus dem Zimmer gerannt ist."

„Stimmt. Aber die Kriminaltechnik soll trotzdem die Tastatur auf Fingerabdrücke untersuchen."

„Haben sie schon. Es sind nur die vom Opfer drauf."

142

„Ok. Gehen wir also davon aus, dass er sich von der Familienfeier zurückzieht und ins Arbeitszimmer geht. Es ist ja nur ein Stück den Flur entlang in der ersten Etage. Dort setzt er sich und schon kommt hinter ihm noch jemand ins Zimmer."

„Erst kam Frau Herscheid und brachte den Brandy. Könnte sie es gewesen sein?"

Helena studierte immer noch den Bericht. „Unwahrscheinlich. Sie hätte das Brandy-Glas wieder mitgenommen, das stand nämlich noch fast voll auf dem Schreibtisch."

„Und wenn sie das in ihrem Entsetzen über ihre Tat vergessen hat?"

Helena hob die Brauen. „Ist sie jetzt wieder im Kreis der Verdächtigen?"

Markus winkte ab. „Wir haben bei ihr nichts gefunden, dass Zündstoff für eine heiße Diskussion mit tödlichem Ausgang liefern könnte. Sie wird ihm wohl nicht gestanden haben, den klassischen Weihnachtsbaten dieses Jahr durch Sushi ersetzen zu wollen."

Helena lächelte. „Nein, wohl nicht. Sie erscheint mir auch aufrichtig entsetzt zu sein und sehr traurig."

„Ohh! Ich krieg bei diesem Fall keinen Faden zu fassen. Es ist wie im Orientexpress!" Markus schlug mit der flachen Hand aufs Lenkrad.

„Ähm, wieso sind wir jetzt beim Orientexpress?"
Helena schaute ihn verständnislos an.

„Ach, ich meine das Buch von Agatha Christie.
Mord im Orientexpress."

„Aha. Kenn ich nicht."

Jetzt war Markus überrascht. „Wie? Auch nicht die
Verfilmung? Es gibt sogar eine ziemlich neue, kam
letztes Jahr ins Fernsehen."

„Nein, Die Themen sind so alt, und das alte England
interessiert mich nicht."

„Aber Frau Kollegin, das ist ein Klassiker." Markus
war entsetzt. Er liebte die Bücher von Agatha Christie und kannte sie alle.

„Aber wieso bringt dich unser Fall auf den Orientexpress?"

„Naja, in diesem Zug fahren dreizehn Leute mit und
Hercule Poirot, der Detektiv. Im Schlafwagen wird
nachts ein Mann durch mehrere Messerstiche ermordet. Hercule Poirot findet heraus, dass jeder der Mit-
fahrenden ein Motiv und keiner ein wirkliches Alibi
hat. Genau wie bei uns."

„Ja und wer hat ihn ermordet?" Helena war nun
doch interessiert.

„Alle. Sie haben ihn betäubt und nachts haben sie
nacheinander mit dem Messer auf ihn eingestochen.
Es waren 12 Stiche. Allerdings nicht alle tödlich, so

konnte nicht festgestellt werden, wer ihn denn wirklich getötet hat."

„Unser Opfer hat aber nur einen Stich."

„Und deshalb werden wir den Mörder auch finden."

Markus schaute sie an. „Weißt du was? Wir fahren jetzt zu Peter Herscheid. Dann haben wir das abgeharkt."

Helena schaute auf ihre Uhr. „Ok. Dann komme ich heute mal pünktlich nach Hause."

Kapitel 15

Bei der Gärtnerei Terklothe angekommen, stiegen sie
auf dem leeren Parkplatz aus dem Auto. Der mit
Kies bestreut Platz war von hohen Hecken einge-
rahmt, die von der Straße keinen Blick zuließen und
den Platz gegen die Außenanlagen der Gärtnerei ab-
schirmte. „Nichts los", murmelte Markus, „haben
die zu?"

„Schauen wir mal!" Helena warf die Autotür zu und
Markus zuckte zusammen. „Vielleicht ist ja trotzdem
jemand da." Ihre Schritte knirschten auf dem Kies,
während Sie ihre Masken aus den Taschen nestelten.

Sie gingen auf ein Backsteingebäude mit einem höl-
zernen Vorbau zu, dessen Dach von zwei Holzstäm-
men getragen wurde. Rechts und links ließen zwei
große Fenster den Ankommenden in den Verkaufsraum blicken, der von Lichterketten erleuchtet war.

Zu beiden Seiten der Tür, unter dem Vorbau, standen kleine Tannenbäumchen, in unterschiedlichen
Farben geschmückt und mit Lichterketten versehen.
Auch Gestecke mit Tannenzweigen und Amaryllis
standen hier. Daneben reihten sich kleine Pflanzen,
wie Silberdraht, Winterheide und irgendwas mit roten Beeren.

Hinter den Hecken konnte Helena das Dach eines
Glashauses ausmachen. Auf der anderen Seite der
Hecken gab es sicherlich Felder, aus denen im

Frühjahr die im Gewächshaus vorgezogenen Pflanzen ausgesetzt wurden.

Auf dem Gehweg und zwischen den ausgestellten Pflanzen lag noch das Herbstlaub, die Fenster des Hauses hätten gut einen neuen Anstrich vertragen, und die Scheiben mussten dringend geputzt werden. Einige Pflanztöpfe, die kaputt gegangen waren, lagen an der Ecke des Hauses. Diese Gärtnerei wirkt ungepflegt, dachte Helena. Die Pflanzen sind liebevoll arrangiert, aber entweder es gibt zu wenig Leute, die sich um alles kümmern, oder sie haben kein Auge für das Ganze.

Markus drückte die Eingangstür, die sich mit einem Bimmeln öffnete. Drinnen war es warm und die feuchte Luft sorgte für die typische Schwüle, die in den meisten Blumenläden herrschte. Auch hier im Innenraum gab es weihnachtliche Gestecke, viel mit Rosen und Tannen und – Weihnachtssterne! Gut 70 Zentimeter hoch waren die größten, die man auf den Boden stellen musste, bis hin zu Mini-Sternchen, die in niedlichen kleinen Töpfchen standen und stolz ihren einen Stern in die Höhe streckten.

Es gab rote Sterne, weiße Sterne und alle Farben dazwischen, von Pink bis Zartrosa. Es gab sie mit Glitzer, mit Kunstschnee und ohne alles.

Markus und Helena hatten genug zum Staunen, bis ein Mann hinter der Theke auftauchte. „Frohe Weihnachten! Was kann ich für Sie tun?"

Helena atmete tief ein, was wegen der hohen Luftfeuchtigkeit gar nicht so einfach war. „Frohe Weihnachten!" Sie schaute sich den Mann an. Was man außer der Maske mit Tannenmuster sehen konnte, wirkte freundlich und gelassen. Vielleicht wurde man so, wenn man mit Pflanzen zu tun hatte, statt mit Menschen. Die verbreiteten Hektik und übten Druck aus. Pflanzen hatten ihren Rhythmus, den sie auch nicht änderten, wenn die Kunden warteten. Man lernte vielleicht, sich ihnen anzupassen und Geduld zu haben.

Sie lächelte den Mann an. „Wir suchen Peter Herscheid."

Der Mann hinter der Theke wurde ernst. „Das bin ich. Warum suchen Sie mich?"

Markus zückte seinen Ausweis. „Wir sind von der Polizei Billerbeck. Es geht um den Mord im Wasserschlösschen. Sicher haben Sie davon gehört."

„Sicher!" Peter Herscheid nickte und begann, Scheren, Blätter und Draht auf der Theke umzuräumen. „Meine Mutter hat mir gesagt, was passiert ist."

„Wir haben nur ein paar Fragen. Sie waren in der Nacht bei ihrer Mutter?"

Markus´ Stift schwebte über seinem Notizblock.

„Nun, ja, ich habe an Heiligabend meine Mutter besucht. Aber erst sehr spät. Sie musste ja noch lange arbeiten und ich hatte hier auch noch genug zu tun."

148

Helen lächelte ihn freundlich an. „Wann waren Sie denn bei ihr?"

„So gegen halb elf." Er lächelte etwas schief zurück. „Legen Sie mich bitte nicht auf 5 Minuten fest, ich habe nicht auf die Uhr geschaut."

Markus lächelte nicht. „Haben Sie einen Schlüssel zur Wohnung ihrer Mutter?"

Jetzt wurde auch Peter Herscheid ernst. „Ja, sie wollte, dass ich kommen kann, wann ich will."

„Und als Sie kamen, war Ihre Mutter schon fertig mit ihrer Arbeit?"

„Nein, ich habe mich ins Wohnzimmer gesetzt und mir etwas zu trinken genommen und Sie ist dann wenige Minuten später gekommen."

Helena bestaunte die Weihnachtssterne. „Ich glaube, ich habe noch nie so viele Weihnachtssterne in so unterschiedlichen Größen und Farben gesehen."

Peter Herscheid kam um die Theke herum. „Das glaube ich. Die sind unsere Spezialität. Mein Chef züchtet immer neue Farben und beschäftigt sich den ganzen Herbst mit nichts anderem."

„Ihr Chef? Ist der auch da?"

Herr Herscheid lächelte. „Nein, er ist im Wohnhaus. Er ist alt, fast achtzig, glaube ich. Aber er hat keine Kinder, die die Gärtnerei übernehmen."

„Oh, und verkaufen will er nicht?"

„Doch, sehr gerne sogar. Aber bisher hat nur Angebote von großen Gärtnerei-Ketten und das will er nicht. Da arbeitet er lieber selber, meint er immer, bevor die hier alles abreißen und es dann so ein 08/15-Schuppen wird."

„Aber ewig wird das ja nicht so gehen. Hat er viele Angestellte?

Herr Herscheid begann, die Weihnachtssterne neu zu arrangieren. „Nein, zu wenig. Nur mich und eine Aushilfe. Er fasst mit an, wo es geht, aber wie sie sicher vorstellen können, ist ein Mann von über achtzig nicht mehr in der Lage voll zu arbeiten. Er hat mir die Gärtnerei zum Kauf angeboten. Nächstes Jahr gehen wir das an."

Markus schaute überrascht auf. „Ach? Verdienen Sie denn hier so gut?"

Peter Herscheid verschränkte die Arme vor der Brust. „Nein, aber es gibt Bankdarlehen für solche Fälle. Existenzgründungsdarlehen. Da wollte ich mich Anfang nächsten Jahres drum kümmern. Vor dem Weihnachtsgeschäft ging es nicht."

„Ist hier viel los?" Helena konnte sich einen Andrang nicht recht vorstellen, so abgelegen wie die Gärtnerei war.

„Im Winter natürlich nicht. Dieses Jahr lief sogar das Weihnachtsgeschäft nicht gut. Naja, kein Wunder, die Leute, die sonst Verwandte besuchen und noch etwas mitbringen wollten, sind unser Haupteinkommen in dieser Zeit. Und die mussten in diesem Jahr überwiegend zuhause bleiben. Aber im Frühjahr, wenn alle ihre Vorgärten schön machen und die Gemüsebeete neu bepflanzen, stehen sie bis auf die Straße. In diesem Jahr haben anscheinend alle, weil sie nicht in den Urlaub fliegen konnten, die Zeit genutzt, ihre Gärten neu zu gestalten. Der Sommer war eine sehr, sehr gute Geschäftszeit für uns."

Markus nickte und lenkte das Gespräch wieder auf das aktuelle Thema. „Ja, vom Weihnachtsgeschäft ist noch viel übrig. Wie lange haben Sie denn am Heiligabend gearbeitet?"

Zusätzlich zu den verschränkten Armen stellte Peter Herscheid jetzt den linken Fuß vor. Er nimmt eine Abwehrhaltung ein, dachte Markus. Warum?

„Also, geöffnet war bis 18 Uhr. Und dann bin ich durch die Gewächshäuser gegangen und habe die Zeitschaltuhren kontrolliert und neu eingestellt. Herr Terklothe hat damals eine Zeitschaltuhr für die Gewächshäuser und auch für die Beregnungsanlagen draußen einbauen lassen, aber er kommt damit nicht mehr klar. Deshalb kümmere ich mich darum. Ich gehe auch durch die Häuser und schaue nach dem Rechten, bevor ich gehe."

„Nun ja!" Markus verschränkte ebenfalls die Arme vor der Brust. „Sie wollen das Alles ja auch übernehmen."

„Genau." Peter Herscheid nickte. „Deshalb macht mir das auch nichts aus, wenn ich abends länger hier bin. Ich habe keine Familie, die auf meinen Feierabend wartet, nur eine leere kleine Wohnung. An Heiligabend wusste ich, dass meine Mutter noch arbeiten muss, also hatte ich es da auch nicht eilig. Ich kann Ihnen nicht sagen, wann ich hier weggefahren bin."

„Und Herr Terklothe hat Sie auch nicht wegfahren sehen?"

„Nein. Ich habe bei ihm geklopft, als ich gehen wollte, um ihm noch „frohe Weihnachten" zu wünschen, aber er hat nicht aufgemacht. Durch das Wohnzimmerfenster habe ich gesehen, dass er im Sessel eingeschlafen war. Also bin ich so gegangen."

„Sie sind erstmal nach Hause gegangen?"

„Ja, so spät war es dann doch nicht. Ich habe etwas ferngesehen und schon mal ein Brot gegessen. Das Weihnachtsessen gab es bei meiner Mutter, aber nach so einem Arbeitstag brauche ich schon vor halb elf etwas."

„Verständlich. Aber können Sie uns sagen, was im Fernsehen lief? Dann wüssten wir, wann Sie zuhause waren."

„Hm. Nein, ich habe nur so rumgeschaltet. Überall liefen irgendwelche Weihnachtsschnulzen. Sorry, aber ich weiß nicht, was das war. Ich wollte einfach nur Stimmen um mich haben."

Helena beugte sich zu ihm. „Und Nachbarn? Haben Sie vielleicht welche getroffen?"

Peter Herscheid schüttelte den Kopf. „Ich wohne bei einem älteren Ehepaar in der Einliegerwohnung. Die beiden sind schwerhörig und ich kann ihren Fernseher hören, aber die beiden bekommen nichts von mir mit."

„Vielleicht haben Sie aus dem Fenster gesehen, als Sie nach Hause kamen."

Herr Herscheid lachte kurz auf. „Die beiden sind froh, wenn sie in ihren Sesseln sitzen und nicht aufstehen müssen. Das wäre das erste Mal, dass jemand am Fenster gestanden hätte. Zumindest, was ich mitbekommen habe. Aber fragen Sie sie ruhig, vielleicht haben sie ja wirklich etwas gesehen."

„Gut!" Markus schlug das Notizbuch zu. „Hast du noch Fragen? Von meiner Seite aus wars das."

Helena wandte sich an Herrn Herscheid. „Eine Frage habe ich noch. Was kosten die Weihnachtssterne?"

Kapitel 16

Ein Schluchzen drang aus dem Telefon, als Markus den Anruf entgegennahm. „Hallo? Wer spricht denn da?"

Jemand stammelte, aber vor lauter Weinen konnte er die Stimme nicht erkennen.

„Jetzt bitte mal ganz langsam. Wer ist da und was ist passiert?"

Er hörte ein tiefes Durchatmen. „Hier ist Frau Herscheid. Es hat einen schrecklichen Unfall gegeben."

Nur wenige Minuten später saßen Markus und Helena im Auto.

„Sie hat gesagt, dass es ein Autounfall war." Markus legte noch den Sicherheitsgurt an, während Helena schon anfuhr.

„Ja, aber was ist passiert?" Helena schaltete und beschleunigte den Wagen.

„Es war wohl Dirks Wagen. Er ist über die Brücke, und links die Straße runter, die so schnurgerade ist. Da muss er beschleunigt haben. Und als dann die Kurve kam, ist er geradeaus direkt in den Baum gebrettert."

Helena schluckte. „Tot?"

Markus nickte. „Ja. Der Rettungswagen ist schon vor Ort, konnte aber nichts mehr machen."

Eine Zeitlang schwiegen die beiden, jeder in seine eigenen Gedanken versunken.

„Denkst du, es war Mord?" Vorsichtig bremste Helena vor einer scharfen Kurve.

Markus zuckte die Schultern. „Wenn, dann hat unser Mörder wieder zugeschlagen. Zwei Mörder, die in einer Familie morden, erscheint mir doch sehr unwahrscheinlich."

Helena zog das Tempo wieder an. „Aber ein Mord und ein Unfall so kurz nacheinander, ist das nicht unwahrscheinlich?"

Markus fuhr sich mit den Fingern durch die Haare. „Doch, vielleicht. Ach, ich weiß es nicht. Wir müssen sehr genau hinsehen."

Helena trommelte mit den Fingern aufs Lenkrad. „Wir sollten vielleicht schon mal den Erkennungsdienst benachrichtigen. Damit das alles schneller geht."

„Mach ich." Er pulte sein Smartphon aus der Hosentasche. „Ja, Steiger hier aus Billerbeck."

„…"

„Genau. Wir haben hier einen Unfall. Der Wagen muss untersucht werden."

„…"

„Nee, noch nicht, aber wir sind gleich da."

„…"

„Die Umstände sind verdächtig. Wäre schon ein großer Zufall, wenn da nicht einer seine Hände im Spiel
hätte."

„…"

„Ja, genau."

„…"

„Ok, bis gleich."

Er versuchte, das Handy zurückzustecken, aber er
gab rasch auf und legte das Gerät in die Ablage vor
sich.

Die Unfallstelle war schon in Sichtweite, gekenn-
zeichnet durch die Blaulichter des Krankenwagens
und des Einsatzwagens der Kollegen, die im trüben
Licht der Nachmittagssonne gut zu sehen waren.

Kaum hatte Helena den Wagen abgestellt, sprangen
die beiden Kommissare aus dem Auto.

„Was haben wir?" Markus trat an den ersten Kollegen, den er erreichte.

„Unfall mit Todesfolge. Es handelt sich um Dirk von
Rothenstein, er liegt noch dort drüben." Er wies mit
der Hand auf eine abgedeckte Gestalt.

„Danke." Markus legt ihm die Hand kurz auf die
Schulter und ging zu der Plane, unter der sich der

Tote befand. Man ließ ihn kurz das Gesicht sehen. Markus nickte. Das war Dirk von Rothenstein.

Er wandte sich an Helena, die hinter ihm stand. „Wir gehen zum Haus. Ich will wissen, was vorher passiert ist. Sobald das mit den Kollegen vom Erkennungsdienst geklärt ist."

Bald traf ein Leichenwagen ein, gefolgt von einem Abschleppdienst.

Markus nahm den Mann beiseite. „Wir haben Grund zu der Annahme, dass es sich nicht um einen Unfall handelt. Nehmt die Leiche mit, achtet auf Narkotika und sowas im Blut. Ich will wissen, ob er fahrtüchtig war. Und den Wagen überprüft ihr bitte auf Spuren von Manipulation." Die beiden sahen auf das Wrack von einem Auto, das sich beinahe um den Baum gewickelt hatte.

„Falls da noch was zu erkennen ist, meine ich."

Der Kollege nickte.

„Und schaut, ob ihr das Handy findet. Das werden wir brauchen."

Helena und Markus machten sich auf den Weg die Straße entlang zum Herrenhaus.

„Das ist hier wirklich absolut gerade, die perfekte Rennstrecke." Helena verfolgte mit den Augen den Straßenverlauf.

„Ja, und ich bin sicher, dass Dirk das schon immer genutzt hat, um hier so richtig aufzudrehen."

„Na, na, wer wird denn Dinge voraussetzten, die nicht von einem Zeugen bestätigt wurden?" Helena drohte ihm scherzhaft mit dem Zeigefinger.

„Das werden sie noch, glaub mir, aber es passt einfach."

Der Weg zum Haus war weiter, als Markus angenommen hatte, und beide Kommissare schwiegen. Markus war in ein Gespräch mit seinem Gott vertieft.

Das ist hart, Herr. Erst der Vater und jetzt der Bruder. Bitte tröste die Familie und lass mich den Täter finden. Was ist hier nur passiert, dass alle sterben müssen? Oder war das wirklich ein Unfall, der sich vielleicht schon lange abzeichnete?

Beim Innenhof angekommen, wartete eine Überraschung auf sie, in Gestalt eines kleinen, alten Renault Twingo.

„Ach, schau mal, Nils ist auch da."

„Ja, Helena, aber wahrscheinlich nicht, um dich wiederzusehen, halt dich bitte zurück." Markus schluckte. So direkt hatte er gar nicht sein wollen.

Aber Helena stieß ihn nur in die Seite. „Das ist meine Sache. Aber keine Angst, ich kann mich schon benehmen."

Frau Herscheid wartete wieder in der Halle auf die beiden.

„Ich kann mir nicht erklären, wie das passiert ist. Ja, der Junge fährt gerne schnell, und besonders auf dieser Strecke, weil sie so gerade ist und hier fast nie ein anderes Auto fährt", Markus warf Helena einen vielsagenden Blick zu, den sie mit einem kaum merklichen Lächeln quittierte, „aber gerade deswegen konnte er diese Strecke gut einschätzen."

„Ja, Frau Herscheid, das überprüfen wir. Was hat denn Dirk von Rothenstein heute gemacht? Wir müssen seinen Tagesablauf möglichst genau rekonstruieren." Markus nickte ihr zu, den Bleistift über dem schwarzen Büchlein gezückt.

Frau Herscheid schnaufte. „Da gibt es nicht viel zu rekonstruieren. Er ist gegen zwei aufgestanden, hat sich sein Mittagessen warm machen lassen, ist in sein Auto gesprungen und weggefahren."

„Haben Sie mitbekommen, ob er sich noch mit jemandem gestritten hat? Hier im Haus oder am Telefon?"

„Hier im Haus nicht, das hätte ich sicher gehört. Am Telefon? Nun, das bekommt man ja nicht so mit."

Helena aktivierte die Aufnahme-Funktion ihres Smartphones. „Wissen Sie, wohin er wollte? Hat er irgendwas gesagt?"

Frau Herscheid zuckte die Schultern. „Für Dirk von Rothenstein bin ich hier nur die Bedienstete. Irgendwelche Auskünfte hat er mir nicht gegeben. Aber ich gehe davon aus, dass er zu seinen Freunden wollte. Die wohnen in Richtung Billerbeck und er fuhr eigentlich nie woanders hin."

„Hatte Herr von Rothenstein etwas getrunken?"

„Bei mir nicht, aber er hatte immer eine Flasche Wasser in seinem Zimmer. Ach, oder meinen Sie Alkohol? Bestimmt. Aber der ist auch in seinem Zimmer, da bekomme ich nicht viel mit."

„Na, gut. Sind die anderen im Haus?" Markus packte Stift und Büchlein in seine Jackentasche.

„Die von Rothensteins sind im Wohnzimmer und Herr Wiemann ist in der Bibliothek. Frau Wiemann hat Besuch."

„Ist Pastor Abwild bei ihr?"

Die Haushälterin quittierte das mit einem Nicken.

„Bitten Sie doch Herrn Wiemann, in das Wohnzimmer zu kommen, wir haben noch ein paar Fragen. Und ich möchte mir ansehen, wo der Unfallwagen untergebracht war."

Frau Herscheid verschwand.

Kapitel 17

Die Befragung hatte nicht viel ergeben. Das Auto
stand in einem als Garage umgebauten Stall, zusammen mit den Autos von dem alten Herrn von Rothenstein. Aber keiner hatte Dirk an diesem Tag gehört oder gesehen. Der Junge hatte hier offensichtlich in einer Parallelwelt gelebt, völlig für sich allein.

„Na, egal." Helena legte sich fröstelnd die Arme um
den Leib. Vor dem Haus war es winterlich kalt.
„Lass uns in die Garage gehen und nach dem Wagen
sehen, vielleicht finden wir etwas."

Markus untersuchte die Garage auf Einbruchsspu-
ren, aber das alte Tor war ziemlich verkratzt. Möglich, dass frische Spuren dabei waren, aber sicher
konnte er es nicht sagen.

„Schau mal!" Helena war schon auf die freie Fläche
zwischen die anderen Autos getreten und hockte vor
einem feuchten Fleck.

„Was ist das?" Markus kam zu ihr.

Helena verrieb die klare Flüssigkeit zwischen Daumen und Zeigefinger. „Schmierig, ölig. Könnte
Bremsflüssigkeit sein."

Markus nickte. „Das passt zur Theorie. Komm, wir
müssen ins Kommissariat."

„„Aber ich möchte auf Nils warten, vielleicht kann
er etwas beitragen."

Ein Blick zu Markus, der spöttisch den Mund verzog.

„Letztes Mal hatte er auch was für uns. Und Frau Wiemann können wir nicht vernehmen." Sie wies auf den Notarztwagen, der im Innenhof stand. Frau Wiemann hatte einen Schock erlitten und stand vermutlich unter Beruhigungsmedikamenten.

„Na gut!" Markus nickte. Auch ihm gefiel der Gedanke, Nils wiederzusehen. „Wir sollten ihn fragen, ob er mit aus Kommissariat kommt. In der Kälte will ich mich nicht so lange aufhalten und im Haus können wir nicht in Ruhe reden. Lass uns reingehen. Dann fragen wir ihn."

Gesagt, getan. Gegen 17.00 Uhr traf Nils bei in Kommissaren in der Polizeidienststelle ein.

„Oh, Mann!" Er lies sich auf den angebotenen Stuhl im Besprechungsraum fallen. „Diese Familie muss wirklich was aushalten."

„Kann ich dir einen Kaffee machen? Oder lieber Tee?" Helena war aufgesprungen und zur Türe gegangen, um in die kleine Teeküche zu eilen.

Markus verdrehte die Augen. Nicht schon wieder. So langsam mutierte seine Kollegin zur Hausfrau, auch wenn sie gar nicht zu Hause war.

„Nein, danke. Ich hatte bei Frau Wiemann schon genug Kaffee." Nils strich sich mit der Hand über die Augen. „Hast du ein Glas Wasser?"

162

„Kommt sofort!" Helena war verschwunden und drückte ihm in nächsten Moment ein Glas mit Mineralwasser in die Hand.

„Danke, das ist jetzt genau das Richtige." Er lächelte ihr zu.

„Ging es Frau Wiemann wirklich so schlecht? Ich hatte nicht den Eindruck, dass sie und ihr Bruder ein sehr herzliches Verhältnis hatten." Helena saß ihm jetzt gegenüber und schaute ihn intensiv an.

Er blickte kurz auf. „Nein, das glaube ich auch nicht. Es ist eher die Situation, dass schon wieder ein Todesfall in der Familie passiert ist. Egal, wen es getroffen hätte, Frau Wiemann hätte auf die gleiche Weise reagiert."

Markus mischte sich ein. „Aber hat euer Gespräch irgendetwas ergeben, was für uns interessant sein könnte?"

Nils schaute ihn an. „Wie, interessant? Ich denke, es war ein Unfall?"

Markus seufzte. „Das wissen wir nicht genau. Möglich, dass es ein Unfall war. Aber aus unserer Sicht ist es wahrscheinlicher, dass Dirk etwas über den Mord wusste, und umgebracht wurde."

Nils schlug sich vor Entsetzen die Hand vor den Mund. „Das ist ja schrecklich!"

Helena nickte. „Das ist es. Aber keiner der anderen hat Dirk an diesem Tage gesehen oder gehört.

Deshalb möchten wir von dir wissen, ob Frau Wiemann etwas darüber gesagt hat."

Nils überlegte kurz. „Ja, sie hatte ihn gehört. Dass er laut wurde. Sie meinte, dass er einen Streit mit einem der anderen hatte und sich deshalb so aufgeregt hat, dass er gegen den Baum gefahren ist."

Helena zog die Augenbrauen hoch. „Hat sie gehört, wer der andere gewesen ist?"

Nils schüttelte den Kopf. „Nein. Sie hat sich gewundert, weil Dirk sich sonst nie so aufgeregt hat. Ihm ist normalerweise alles so egal, dass es schon weh tut. Und dieser Gefühlsausbruch passt nicht zu ihm. Deshalb hat sie gelauscht, wer der andere sein könnte. Aber sie hat nichts mitgekriegt."

„Entweder war der andere also sehr ruhig," begann Markus, aber Helena beendete triumphierend seinen Satz. „…oder er war am Telefon!"

Nils schaute beide der Reihe nach an. „Genau. Habt ihr das Handy gefunden?"

Markus schüttelte den Kopf. „Das macht der Erkennungsdienst. Wir bekommen bestimmt bald Bescheid. Ich habe sie auch gebeten, das Auto zu untersuchen und im Blut auf alle möglichen Betäubungsmittel zu achten, nicht auf die Gängigsten."

„Also geht ihr wirklich von Mord aus? Oh, Mann, das muss ich erst mal verdauen. Ich habe Frau Wiemann getröstet, weil ihr Bruder einen Unfall hatte.

Dass es auch Mord gewesen sein könnte, fühlt sich so - falsch an."

Er schüttelte den Kopf.

Kapitel 18

Zwei Stunden zuvor

Schluchzend lag sie in dem Sessel zusammengerollt. Nils saß ihr gegenüber auf dem Sofa und ließ sie erstmal weinen. Sie hatte ihn angerufen, direkt nach dem Unfall und er war sofort gekommen. Aber sie hatte noch kein Wort sagen können.

Frau Herscheid hatte ihm eine Tasse Kaffee gemacht und etwas Gebäck auf den Tisch gestellt, aber sie war genauso erschüttert gewesen, wie Frau Wiemann.

Jetzt sprach er sie an. „Frau Wiemann?"

Sie reagierte gar nicht.

„Frau Wiemann, möchten Sie nicht mal einen Schluck Kaffee trinken? Der wird kalt." Manche Leute reagierten in Stresssituationen auf solchen bekannten Aufforderungen automatisch.

Tatsächlich entrollte Nicole Wiemann sich und nahm artig ihre Tasse in die Hand. Sie trank einen Schluck und konnte nun nicht mehr weinen.

„Möchten Sie auch etwas Kuchen?" Nils deutete auf den Teller, der bei ihnen stand, aber sie schüttelte nur den Kopf.

Auch er nahm die Tasse in die Hand. „Frau Wiemann, wie kann ich Ihnen helfen?"

Sie schüttelte langsam den Kopf. „Ich weiß nicht. Es ist einfach gut, dass Sie da sind."

Er nahm einen Schluck, bevor er weitersprach: „Manchmal hilft es, wenn man einfach über den Verstorbenen spricht. Und über die Beziehung. Möchten Sie mir erzählen, was ihr schönstes Erlebnis mit ihm war?"

Jetzt stahl sich ein Lächeln in die verweinten Augen. „Er war mein kleiner Bruder. Ich bin die sieben Jahre ältere . Ich habe mit ihm gespielt und als er in der Schule war, habe ich ihm bei seinen Hausaufgaben geholfen.

„Nicki" hat er mich genannt."

„Das sind schöne Erinnerungen." Nils drehte seine Tasse in den Händen. Wie sollte er hier weitermachen? Aber Nicole sprach schon weiter.

„Das hörte auf, als er in die Pubertät kam. Da war Andreas interessanter, obwohl der sich überhaupt nicht für Dirk interessiert hat."

„Ja, das ist häufig so." Nils nickte. „Hat sich das nach einiger Zeit wieder gelegt?"

Sie schaute auf. „Nein, er blieb immer auf Abstand. Ich hatte gedacht, wenn er eine Ausbildung macht oder sich für ein Mädchen interessiert, würde er wieder zu mir kommen, aber das ist nie passiert."

„Waren ihm andere Dinge und Leute wichtiger?

Sie lachte bitter auf. „Dinge? Sein Auto und sein Computer. Leute? Er selber. Ich glaube, nicht mal seine Freunde waren ihm wichtig. Er brauchte sie, um sich selber gut zu fühlen. Verstehen Sie, was ich meine?"

Nils nickte verhalten und Frau Wiemann sprach weiter: „Wenn sie sein Auto bewunderten und was für ein toller Kerl er war, dass er sich seinem Vater widersetzte, dann kam er sich groß und stark vor. Von uns hat das natürlich keiner gemacht, also hat er uns wie Luft behandelt."

Nils nickte nur. Er wollte Frau Wiemann nicht unterbrechen. Wenn sie sich die Enttäuschung über den Bruder von der Seele geredet hatte, konnte sie vielleicht trauern.

„Jetzt kann er sich nicht mehr an mich wenden und wir werden nie mehr ein gutes Verhältnis haben." Wieder schossen Tränen in ihre Augen.

Sie richtete den Blick auf Nils. „Warum? -Erst mein Vater, dann mein Bruder. Warum lässt Gott das zu?"

Gut, jetzt waren sie an dem Punkt angekommen, an dem Gott ins Gespräch kam. Also sein Part. Er räusperte sich. „Das sind eigentlich zwei Fragen. Warum ihr Vater gestorben ist? Jemand hat ihn umgebracht. Warum Gott nicht dagegen unternommen hat? Er hat den Menschen einen freien Willen gegeben. Wenn er eingreifen würde, wäre es ja kein freier Wille. Er hat auch nicht eingegriffen, als man seinen

168

Sohn gefangen genommen und ans Kreuz genagelt hat.

Warum er den Unfalltod ihres Bruders zugelassen hat? Ganz ehrlich: Ich weiß es nicht. Aber ich weiß, dass es Dinge gibt, die zu groß für mich sind. Manches könne wir mit unseren kleinen menschlichen Gehirnen nicht verstehen. Sie sind dazu gemacht, hier auf der Erde zurecht zu kommen, aber nicht, um den göttlichen Plan zu verstehen."

„Ach, Gottes Souveränität! Wollen Sie sich damit herausreden?" Die Stimme wurde ärgerlich.

„Ich will mich gar nicht herausreden, aber sie haben schon recht, wenn sie von der Unabhängigkeit Gottes in seinem Handeln sprechen. Vielleicht gefällt uns der Gedanke nicht, dass wir nicht alles in der Hand haben, aber es ist nun mal die Wahrheit."

Nicole Wiemann schnaubte nur.

„Der Gott, der Sie geschaffen hat, hat auch alles andere in der Hand. Auch Dirks Unfalltod. Und wenn Sie es zulassen, wird er Sie in die Arme nehmen und trösten, viel besser, als ich es kann, denn er weiß, was Sie wirklich brauchen.

Vermutlich werden wir nie erfahren, warum Dirk sterben musste. Ich kann Ihnen nur sagen, dass die Sache in Gottes Hand liegt. Auch wenn es nicht so aussieht."

Jetzt liefen die Tränen wieder heftiger. „Wie könne Sie da so sicher sein?"

„Für Gott existiert keine Zeit. Ich finde, es ist sehr schwer sich das vorzustellen, wenn Vergangenheit, Gegenwart und Zukunft gleichzeitig passieren und mit unserem Verstand ist das nicht greifbar. Aber dadurch weiß Gott, wie etwas passieren muss, damit es gut wird. Er hat nur das Beste für uns im Sinn." Hier machte er eine kleine Pause. „Aber man muss das glauben."

Frau Wiemanns Tränen versiegten. „Glauben? Ich dachte, das hat damit zu tun, dass man jede Woche in die Kirche geht und die Sakramente empfängt."

Nils lächelte sie an. „Nein, Glauben heißt, eine lebendige Beziehung zu Jesus zu haben. Glauben heißt, anzunehmen, dass der Tod am Kreuz für sich selber geschah, dass Jesus für deine Fehler gekreuzigt wurde und dass man selbst deswegen sündlos vor Gott stehen kann. Und wenn man diese Beziehung lebt, dann geht man in den Gottesdienst, weil man mehr von Jesus erfahren will, man betet, um mit ihm zu sprechen, und man richtet sein Leben nach Gottes Weisungen aus. Ich habe vorhin schon gesagt, dass Gott einen Plan für unser Leben hat. Der Plan ist das, wozu uns Gott erschaffen hat. Und nur, wenn wir nach diesem Plan leben, wenn wir das sind, was wir sein sollen, werden wir zufrieden leben können.

Die Sakramente? Ja, sie sind nicht falsch. Aber Sie haben bestimmt schon gemerkt, dass es sie so nur in der katholischen Kirche gibt. Es ist auch nicht biblisch, dass die Einhaltung der sieben Sakramente den Weg zum ewigen Leben öffnet. Jesus sagt: *Niemand kommt zum Vater, nur durch mich.* Wenn ich mich an die Sakramente halte, aber Jesus nicht kenne, dann nützt mir das nichts. Natürlich soll man heiraten und nicht einfach so zusammenleben, natürlich ist eine Beichte befreiend, sicherlich ist es gut, wenn man über Kranken betet, aber es führt nicht zum ewigen Leben."

Nicole Wiemann schaute ihn mit großen Augen an. „Das wusste ich nicht."

„Aber wenn Sie eine Beziehung zu Jesus haben, dann leben Sie nach seinen Geboten. Sie werden heiraten, weil Gott das so vorgesehen hat, sie werden beichten, aber nicht einmal in der Woche beim Priester, sondern jeden Abend Jesus erzählen, was nicht gut gelaufen ist und was Ihnen leidtut. Und Jesus vergibt Ihnen, ohne Vaterunser und ohne Ave-Maria."

Inzwischen hatte das Weinen aufgehört und das Schluchzen war verebbt. Frau Wiemann hörte zu, wie Nils von Jesus und Gott sprach.

„Und Sie sind sicher, dass Gott alles noch in der Hand hat? Es fühlt sich im Augenblick an, als würde die Welt um mich herum einstürzen."

„Ja, ich bin sicher. In Jesaja sagt Gott zu Israel: *Es sollen wohl Berge einstürzen und Hügel wanken, aber meine Liebe zu dir soll nie erschüttert werden.*

Das sagt Gott zu seinem Volk Israel, zu seinen Kindern. Seit Jesus am Kreuz gestorben ist, können alle Menschen Kinder Gottes werden. Und deshalb gilt diese Zusage auch Ihnen."

Frau Wiemann hatte die Ellenbogen auf die Knie gestützt und den Kopf auf die Hände gelegt. „Das ist schön."

„Ja. Denken Sie darüber nach. Das Angebot Gottes, sein Kind zu werden, gilt auch für Sie. Sie müssen nur annehmen, dass Jesus auch für Sie gestorben ist."

Kapitel 19

Gegenwart

Der Dienststellenleiter Johannes Orlund betrat das
Besprechungszimmer. Er schaute auf Nils und
wandte sich dann an Helena und Markus. „Kann ich
Euch mal bitte kurz sprechen?"

Markus nickte und mit einer gemurmelten Entschuldigung folgten sie Johannes in sein Büro. Erst als die
Tür geschlossen war und alle Platz genommen hatten, sprach er weiter.

„Der Erkennungsdienst hat mich über den Unfall informiert und gefragt, ob wir wirklich alles brauchen.
Sagt mal: Habt Ihr sie noch alle? Warum brauchen
wir bei einem Unfall eine Blutanalyse, eine Untersu-
chung des Unfallautos und eine Handysuche? Wer
soll das denn bezahlen?"

Markus sah ihm fest in die Augen. „Wir glauben
nicht, dass es ein Unfall war. Wir haben in der Garage Bremsflüssigkeit gefunden, der Vater des Un-
fallopfers ist Heiligabend ermordet worden und…"

Orlund unterbrach ihn: „…und da dachtet Ihr, wo
ein Mord ist, muss auch ein zweiter sein, Vielleicht
ist es eine Serie. Nein, der Junge war vielleicht vom
Tod des Vaters traumatisiert und hat sich nicht richtig konzentriert. Er fährt an der Stelle immer zu
schnell, und diesmal hat er sich verrechnet. Und
euer Fleck in der Garage ist vielleicht schon älter. Ich
weiß, dass Herr von Rothenstein auch Oldtimer

173

besaß. Die alten Autos verlieren ja gerne mal etwas, Ich habe den Auftrag storniert. Klärt den Mord an dem Vater auf, aber der Junge hatte einen Unfall und es ist mir egal, ob er betrunken war oder abgelenkt oder lebensmüde. Es ist niemand anderes darin verwickelt und es gibt keine Schuldfrage zu klären. Also werden hier auch keine Gelder und Ressourcen verschwendet. Verstanden?"

Die beiden verließen das Büro und begaben sich ins Besprechungszimmer, wo Nils aus dem Fenster schaute. Sie berichteten kurz, was ihr Chef wollte. „Und jetzt?" Nils sah die beiden der Reihe nach an. Markus zuckte die Achseln, aber Helena zückte ihr Handy. „Ich kenne da jemanden…" Sie wählte und nach ein paar Hm´s und Ja´s legte sie wieder auf. „Das war meine Cousine Silke. Sie arbeitet in der KTU. Ich habe mir gedacht, dass die bestimmt schon angefangen haben, alles zu untersuchen, bis Johannes sie zurückgepfiffen hat. Das Handy haben sie noch am Unfallort gefunden. Über Gifte in Dirks Blut weiß man noch nichts, das machen sie jetzt auch nicht mehr, aber er hatte 0,3 Promille."

Markus zog ein Gesicht. „Da weiß man ja gar nicht, ob das von dem Morgen oder noch vom Vorabend ist."

Helena grinste. „Stimmt. Ist aber auch nicht so wichtig. Viel interessanter ist, dass die Bremsleitungen angeschnitten waren."

174

Markus und Nils starrten sie an. „Echt? Das können die sehen? Bei so einem Schrotthaufen?"

Helena nickte. „Es war also Mord. Aber das können wir Johannes nicht sagen, weil er die KTU gestoppt hat. Die Auskünfte habe ich ja nur inoffiziell bekommen."

Markus nickte. „Klar. Also klären wir den ersten Mord auf, dann haben wir wahrscheinlich beide Täter."

Jetzt räusperte sich Nils. „Ihr werdet der Familie nicht sagen, dass es Mord war? Sehe ich das richtig?"

Markus schaute ihn an. „Das können wir nicht, weil wir es offiziell nicht wissen. Offiziell hat es einen Unfall gegeben."

Nils schüttelte den Kopf. „Aber wenn hier jemand die Erben aus dem Weg räumt, wäre es dann nicht doch besser, die Leute wüssten, was auf sie zukommt?"

Helena runzelte die Stirn. „Was meinst du? Dass es noch mehr Todesfälle in der Familie geben wird?"

Nils wurde ein bisschen rot. „Naja, der erste Grund für den Mord, der mir einfällt, ist, dass die anderen Kinder jetzt einen größeren Anteil erben. Schließlich hatte Dirk keine anderen Verwandten. Was, wenn der Mörder noch mehr umbringt, um seinen Anteil zu erhöhen?"

Markus sah ihn nachdenklich an. „Ich gehe davon aus, dass Dirk etwas wusste, was er uns nicht gesagt hat, aber den Täter nervös gemacht hat. Vielleicht hat er ihn sogar erpresst. Das würde die anderen Geschwister nicht gefährden, es sei denn, der Täter denkt, sie wüssten es auch, zum Beispiel, weil Dirk es ihnen gesagt hat. Es ist nicht von der Hand zu weisen, dass die anderen in Gefahr sein könnten. Wir sollten die Leute trennen. Alle gehen wieder nach Hause. Weder Coesfeld noch Ascheberg liegen so weit entfernt, dass man sie nicht erreichen könnte. Was meint ihr?"

Helena nickte. „Das ist absolut notwendig."

Auch Nils nickte. „Damit hätte ich ein besseres Gefühl bei der Sache. Auch wenn weder Coesfeld noch Ascheberg so weit entfernt sind, dass der Mörder sie nicht erreichen kann."

Alle schwiegen, bis Nils fragte: „Was machen wir denn jetzt mit dem Handy? Können wir da überhaupt noch etwas machen?"

Helena lehnte sich in ihren Stuhl zurück und verschränkte die Arme. „Normalerweise könne wir die Handydaten beim Provider abfragen, also, wer angerufen hat, wen er angerufen hat, Textnachrichten und so weiter, aber da uns in dieser Sache die Hände gebunden sind, können wir nur hoffen, dass das Handy den Unfall überstanden hat."

Markus stimmte ihr zu.

„Aber was versprecht Ihr Euch davon?", wollte Nils wissen.

Helena beugte sich vor. „Das überprüfen wir, um zu sehen, ob uns etwas auffällt. Ein Anruf von einer fremden Nummer, zu einer ungewöhnlichen Zeit, ungewöhnlich lang, ungewöhnlich kurz. Irgendwelche Bilder oder Whats-Apps, egal. Aber in diesem Fall finde ich es schon komisch, dass Dirk so kurz nach dem Aufstehen schon losgefahren ist, zumal er ja an den anderen Tagen immer zu Hause war. Und er hat kurz vorher telefoniert und war sehr erregt. Das wissen wir. Ich will wissen, mit wem er gesprochen hat und worüber."

Nils nickte. „Das konnte uns Frau Wiemann nicht sagen."

Markus stand auf. „Am besten schauen wir uns das Handy an. Vielleicht lässt sich dieser Punkt wenigstens noch rekonstruieren."

„So ein Mist, das Teil ist hin!" Helena ließ das die Hand mit dem Smartphon sinken.

Markus kratzte sich am Kopf. „Also bleibt uns nur die Anfrage beim Provider?"

„Die wir nicht machen können, weil Orlund das für einen Unfall hält." Helena wischte sich über die Augen. „Das kann doch nicht alles in eine Sackgasse führen."

„Hm. Und inoffiziell? Du kennst doch bestimmt jemanden, der beim Provider arbeitet oder beim Erkennungsdienst und das für dich herausbekommen kann."

Helena schaute ihn an. „Der Provider sitzt – wo auch immer, aber nicht in Billerbeck und Umgebung. Wie sollte ich da jemanden kennen. Und beim Erkennungsdienst kenne ich privat nur Silke und die hat uns schon geholfen. Sie ist da auch nicht so ein großes Licht, dass sie an alles herankommt. Das geht nicht. Aber wie macht man so eine Anfrage? Können wir das nicht machen? Wir sind doch auch bei der Polizei."

Aber Markus schüttelte den Kopf. „Wenn wir das machen, läuft das über unsere Kostenstelle und das sieht Orlund dann irgendwann."

Helena stöhnte. „Also ist die Handy-Schiene eine Sackgasse. Es muss doch auch irgendwie anders gehen."

Markus nickte. „Die manipulierten Bremsschläuche verraten uns, dass es Mord war, aber nicht mehr. Da sind die Promille, die er im Blut hatte eher unwichtig."

Helena packte das kaputte Mobiltelefon wieder in den Asservaten-Beutel zurück. „Ich muss los. Ich habe eine Verabredung."

Markus hob eine Augenbraue. „Oh. Kenn ich ihn?"

Jetzt mischte sich Nils ein. „Falls du meinst, dass du mich kennst…"

Markus stutzte. Sollte er den jungen Pastor falsch eingeschätzt haben?

„Na ja, dann viel Spaß!"

Kapitel 20

Er lief in dem Zimmer auf und ab. Sein Puls jagte, Schweißstand ihm auf der Stirn und sammelte sich überall am Körper. Nein, es tat ihm nicht leid, Dirk war ein Schmarotzer gewesen, ein elender Parasit. Er hatte es nicht verdient, Sohn zu sein.

Vor einiger Zeit war er zurückgekommen. Er hatte gesehen, wie Dirk den Wagen, dieses Protzaudi, den alle so bewunderten, beschleunigt hatte, wie immer eben. Bis zur Kurve. Dort konnte er das Auto nicht mehr so weit abbremsen, um die Kurve zu nehmen. Nun ja, das hatte Dirk nicht wissen können. Und dann ein Knall, ächzendes Metall, Hitze. Er war nicht dicht genug dran gewesen, um festzustellen, ob Dirk erstaunt gewesen war, als er feststellte, dass die Bremsen nicht mehr funktionierten, oder ob er einfach nur Todesangst gehabt hatte.

Es war auch egal, was immer es war, es hatte nur den Bruchteil einer Sekunde gedauert.

Aber was war mit den anderen? Die waren auch Parasiten. Nichts bekamen sie auf die Reihe. Sie haben immer nur genommen, genommen, genommen. Mit ihnen würde er auch fertig werden. Einer nach dem anderen.

Er beruhigte sich langsam. Aus der Küche holte er sich ein Glas Wasser und trank. Sein Puls wurde langsamer und er begann in seinen verschwitzten Kleidern zu frieren.

Im Bad duschte er und zog sich frische Sachen an. Alles mit einem Lächeln auf den Lippen. Einem Lächeln der Vorfreude.

Kapitel 20

„Und warum dürfen wir nicht bei Papa übernachten? Bei ihm ist das schön!“ Felix stand mit verschränkten Armen vor Susanne, die Augenbrauen zusammengezogen, so dass sie eine Linie über seinen Augen bildeten. Svenja stellt sich neben ihm. „Bei Papa is es sön!“

Susanne nahm sich einen Stuhl, sie setzte sich und zog die beiden Kinder auf den Schoß. „Ich glaube euch, dass es bei Papa schön ist. Aber sein Beruf ist gefährlich. Ich möchte nicht, dass ihr beiden in Gefahr geratet.“

Felix schaute sie verständnislos an. „Papa ist Polizist. Das ist doch nur für die Verbrecher gefährlich, weil Papa die ins Gefängnis bringt.“

Svenja legte ihrer Mutter die Hand an die Wange. „Der tut uns nichts.“

Susanne lachte. „Nein, Papa nicht. Aber die Verbrecher, die Papa jagt, wollen nicht gerne ins Gefängnis. Und es kann passieren, dass sie euch nehmen und Papa sagen, dass er sie in Ruhe lassen soll, weil sie euch sonst etwas antun.“

Svenja schaute sie aus großen Augen an. „Wollen die uns Aua machen?“

Susanne nickte. „Vielleicht. Ich habe beim Gericht angefragt, ob die das auch so sehen. Dann muss weder Papa noch ich die Entscheidung treffen.“

„Möchte Papa uns nicht sehen, weil es so gefährlich ist?" Felix hatte schon wieder die Braune gerunzelt, weil er so angestrengt nachdachte.

„Nein, Papa glaubt nicht, dass es gefährlich ist."

„Dann is es das auch nicht!" Svenja hatte jetzt die Arme vor der Brust verschränkt und hätte wohl mit dem Fuß aufgestampft, wenn sie auf den Boden gekommen wäre.

„Schatz, Papa hat jeden Tag mit Verbrechen zu tun. Er merkt gar nicht mehr, wie gefährlich sein Beruf ist. Deshalb soll das Gericht entscheiden. Es wird schon eine gute Lösung finden."

„Und wann ist es nicht mehr gefährlich?"

Susanne schwieg. Sollte sie ihrem Sohn sagen, dass sie ihren Vater, wenn es nach ihr ging, überhaupt nicht mehr besuchen durften? Sie hatte sich diesen Prozess einfacher vorgestellt. Sie hatte gedacht, dass die Kinder, wenn sie ein schönes Zuhause bei Stefan und ihr hatten, nichts mehr vermissen würden, auch ihren Vater nicht. Sie wären dann eine glückliche Familie und müssten ihre Wochenenden Und Nachmittage nicht um Markus´ Besuchstage herum planen.

Aber ja länger die Trennung dauerte, umso mehr fragten die Kinder nach Markus. Sie hatte die Vorweihnachtszeit besonders familiär und abwechslungsreich gestalten wollen, aber die Corona-Regeln hatten ihr einen Strich durch die Rechnung gemacht. Es gab keine Abwechslung, höchstens zwischen

Fernseh- und Spielabenden, zwischen Back- und Bastelnachmittagen und zwischen Zimtsternen und Kokosmakronen. Aber was machte man in der zweiten Woche?

Stefan hatte sich große Mühe gegeben, aber er hatte als Arzt viel zu viel zu tun, um sich in die Familie einbringen zu können. Gerade jetzt, wo die Pandemie wieder die Welt im Griff hatte, war er genauso wenig zuhause, wie Markus. Aber es war absehbar, dass es besser würde. Eher würde die Pandemie ausklingen, als dass die Verbrecher im Münsterland alle gefasst waren. Oder machte sie sich etwas vor? Sie seufzte. Ihr Vergleich hinkte. Dazu müssten alle Krankheiten im Münsterland ausgerottet sein und auch das würde nicht passieren.

Sie ließ die Kinder von ihrem Schoß. Wenn es wirklich keine Krankheiten mehr gäbe, wäre ihr Mann arbeitslos. Das wollte sie nicht wirklich.

Felix schaut sie immer noch aus großen Augen an. „Mama, wann ist es nicht mehr gefährlich, bei Papa zu schlafen?"

„Ich weiß es nicht. Wenn es soweit ist, werden wir es schon erfahren. So, ihr Süßen, Zeit zum Zähneputzen." Sie nahm Svenja bei der Hand, um ihr zu helfen.

Erst später am Abend setzte sich Stefan zu ihr. „Ich habe mitbekommen, was du zu den Kindern gesagt

183

hast. Hältst du es wirklich für richtig, ihnen Angst vor Markus zu machen?"

„Nicht vor Markus. Vor seinem Umfeld. Aber es geht mir darum, dass wir eine Familie sind. Nicht mit Markus als Anhängsel, der immer berücksichtigt werden muss. Wir können nichts tun, ohne es mit ihm abzusprechen. Wenn wir spontan übers Wochenende wegfahren wollen, weil das Wetter gerade gut ist, dann darf es nicht das Papa-Wochenende sein. Wenn du mal spontan einen Nachmittag frei hast und wir mit den Kindern in die Stadt wollen, darf es nicht der Papa-Nachmittag sein, die Feiertage können wir nur bei der einen oder anderen Oma verbringen, weil es immer einen Papa-Tag geben muss. Willst du das?"

Stefan küsste sie. „Nein, schön ist das nicht. Aber ich habe eine geschiedene Frau mit zwei Kindern geheiratet. Dass da ein anderer Mann ist, mit dem ich meine Vaterrolle teilen muss, war von Anfang an klar. Es gibt viele Familien, deren Familienleben aufgeteilt werden muss, wir sind nicht die große Ausnahme. Und ganz so schlimm ist es doch auch nicht. Ich bin sicher, dass Markus bereit ist, auch mal ein Wochenende oder einen Nachmittag zu tauschen, wenn das bei uns besser passt. Und wir werden auch großzügig sein und zum Tausch bereit sein, wenn das bei ihm so sein wird. Bitte versprich mir das."

Susanne schaute zu Boden. „Ich hoffe, dass das auf Dauer nicht nötig sein wird, weil der Antrag angenommen wird."

Stefan schüttelte den Kopf. „Du weißt ganz genau, dass dein Anwalt gesagt hat, dass es eher unwahrscheinlich ist, dass dem zugestimmt wird. Und mir wäre es, ehrlich gesagt lieber, wenn du diesen Mist zurückziehen würdest."

Susanne schnellte aus seiner Umarmung hoch. „Was? Nein, niemals!"

„Schatz, merkst du nicht, wie unglücklich Felix und Svenja sind, weil sie ihren Papa nicht sehen dürfen? Du verrennst dich in eine Idee, die Markus und den Kindern sehr weh tut."

„Ach was, wenn sie sich daran gewöhnt haben, geht es allen besser als vorher. Vielleicht findet Markus auch eine neue Frau mit Kindern, dann ist er bestimmt ganz froh, wenn er sich nicht aufteilen muss."

Stefan schaute sie mit hochgezogenen Brauen an. „Hast du dir eigentlich jemals die Vorteile ausgemalt, die es haben kann, wenn die Kinder ein ganzes Wochenende aus dem Haus sind und wir sturmfreie Buse haben? Oder wir mal eine Woche alleine in Urlaub können?"

Susanne zögerte. Sie wollte sich das lieber nicht vorstelle. „Ohne Kinder könnten wir auch fahren, wenn wir die Kinder bei meinen Eltern lassen."

Stefan seufzte. In diesem Punkt war sie einfach stur.

Kapitel 21

Kritisch betrachtete sie beim Nachhause kommen das kleine Häuschen, in dem sie mit ihrem Vater wohnte. Es sah etwas heruntergekommen aus, denn ihr Vater konnte nichts mehr machen und sie selbst hatte weder Zeit noch das Geschick dazu. Im Sommer lenkte der hübsche Vorgarten mit seinen blühenden Rosenbüschen und die üppige Clematis, die die Säule zu Vordach hochrankte von der Schäbigkeit des Hauses ab, aber jetzt, im Winter, stand das Haus nackt da und gab jeden Makel preis. Sie seufzte. Viel lieber hätte sie sich mit Nils in irgendeinem Café oder Restaurant getroffen. Ihn gleich mit nach Hause zu nehmen, war irgendwie – zu privat. Aber was soll man machen, wenn alles geschlossen war?

Aber er kam erst nach dem Essen. Sie würde etwas zum Knabbern auf den Tisch stellen und dann konnten sie sich unterhalten und besser kennen lernen. Bei dem Gedanken begann ihr Herz zu hüpfen und ein wohliges Kribbeln jagte durch ihre Handgelenke. Ja, sie freute sich auf den Abend und sie würde ihn sich nicht von Corona kaputt machen lassen.

„Papa? Ich bin wieder da!" Sie trat ins Haus und der Mief des Tages schlug ihr entgegen. Entschlossen riss sie die Fenster in jedem Zimmer auf und ließ die Türen offen, damit der Gestank hinausgefegt wurde.

„Aber es wird kalt", jammerte ihr Vater, „und es können Einbrecher reinkommen."

186

Behutsam legte sie eine Decke um seine Schultern. „Ich bin doch da. Wenn Polizei im Haus ist, kommt kein Einbrecher. Und es wird auch gleich wieder warm. Aber frische Luft muss sein."

Fünf Minuten später schloss sie Fenster wieder. Es roch zwar immer noch nach Hund, aber das Schlimmste war draußen.

„Papa, wir bekommen heute Abend Besuch. Jemand, der mit Markus und mir an dem Fall arbeitet. Aber erst mache ich uns was zu essen."

„Warum kochst du denn nicht für ihn mit? Du musst doch sowieso kochen."

„So gut kennen wir uns noch nicht. Er kommt nach dem Essen."

„So, so," murmelte der alte Mann vor sich hin, „erstmal beschnuppern."

Helena wurde rot. Ihr Vater murmelte so laut vor sich hin, dass jeder im Raum es hören konnte. Auch wenn es Sachen waren, die er vermeintlich nur sich selber sagte. Aber er hörte es nicht mehr richtig. Hoffentlich machte er das heute Abend nicht. Sowas konnte sehr peinlich werden.

„Papa, das habe ich gehört. Wenn du mit dir selber sprichst, musst du leiser sprechen oder es nur denken." Dieser Hinweis konnte ihr den Abend retten.

„Vielleicht möchte ich, dass du es hörst, und nur denkst, ich hätte mit mir gesprochen." Ein schelmisches Grinsen legte sich auf das faltige Gesicht und in diesem Moment erkannte Helena ihren Vater, wie er vor etlichen Jahren mit ihrer Mutter in dieser Küche geschäkert hatte. Sie schluckte den Klos in ihrer Kehle hinunter. Keine Zeit für Rührung und Trauer, sie hatte ein Abendessen zu kochen.

„Was gibt es denn heute?" Ihr Vater stellte sich hinter sie, um ihr beim Vorbereiten des Abendessens zuzuschauen.

„Nudeln mit Fleischklößchen" Sanft schob sie ihren Vater zur Seite, um an den Schrank zu kommen. „Setz dich doch an den Tisch, wenn du zuschauen möchtest."

Gehorsam ging der Mann zum Küchentisch und setzte sich. „Aber ich will Zwiebeln in den Klößchen. Und in der Soße."

„Papa, wir bekommen Besuch. Die ganze Wohnung riecht nach Zwiebeln, wenn ich die jetzt koche."

„Ohne schmeckt es mir nicht."

Seufzend legte sie drei Zwiebeln zu den Zutaten, die sie bereitgestellt hatte.

Anderthalb Stunden später klingelte es an der Tür. Prüfend ließ Helena den Blick über das Wohnzimmer schweifen. Die Sessel standen einladend um den Couchtisch, auf dem Gläser, Getränke und Schälchen mit Nüssen und Süßigkeiten standen. Auch an eine frische Tischdecke hatte sie gedacht. Der Boden war gesaugt und hundehaarefrei, während das Tier in seinem Korb lag und hoffentlich auch so liegen blieb.

Ihr Vater saß in seinem Sessel und hatte den Fernseher an. Das Klingeln hatte er nicht gehört.

„Papa, unser Besuch kommt. Mach bitte den Fernseher aus, ja?"

„Aber das ist meine Lieblingssendung." Der Protest des alten Mannes wurde im Keim erstickt.

„Morgen Mittag wird sie wiederholt, dann kannst du sie sehen. Besuch kommt ja nicht jeden Abend."

Grummelnd machte er den Fernseher aus und betrachtete seine Tochter. „Muss ich mich auch umziehen?"

Helena schaute auf ihr Kleid. Sie sah hübsch aus, fand sie. Aber an ihren Vater hatte sie nicht gedacht. Egal, Nils war sicher an alte Leute und ihre Marotten gewöhnt.

„Nein, das ist gut so. Aber wenn du dich mit uns unterhalten willst, mach dein Hörgerät bitte lauter."

„Wenn du ihn nicht bald reinlässt, gibt es heute keinen Besuch mehr", grummelte der Vater.

Ach ja. Helena eilte zur Tür. Nils lächelte sie an. „Hallo!"

„Hallo, schön, dass du da bist."

Er trat ein, Helena nahm ihm die Jacke ab und Nils zog die Schuhe aus. „Aber das ist doch nicht nötig", protestierte sie.

„Bei älteren Menschen macht man sich leicht unbeliebt, wenn man die Schuhe nicht auszieht. Deshalb habe ich mir das ganz schnell angewöhnt." Er grinste und reichte ihr eine Tüte dragierter Erdnüsse. „Ich hoffe, dein Vater hat keinen Diabetes."

„Nein, er kann alles essen, danke. Aber er ist etwas dement und schwerhörig. Wenn sein Hörgerät nicht richtig eingestellt ist, versteht uns vielleicht nicht richtig."

Nils legte Helena eine Hand auf den Arm. „Ich besuche oft ältere Leute, mich wundert da nicht mehr sehr viel. Manchmal sind sie wie kleine Kinder, nicht?"

Helena lächelte ihn dankbar an und sie gingen ins Wohnzimmer.

Ihr Vater stand lächelnd auf und begrüßte Nils, während Helena eine Schale aus dem Schrank nahm und die Erdnüsse einfüllte und auf den Tisch stellte.

„Und das ist mein bester Freund und Hausgenosse Harro." Nils setzte sich auf das Sofa neben Harros Körbchen und streichelte den Hund. „Er ist wirklich lieb. Und wenn Helena den ganzen Tag arbeitet, sind sie nicht ganz alleine."

„Genau." Vater Besseling nickte bestätigend.

Wenigstens hat er sein Hörgerät lauter gestellt, dachte Helena. Sei freute sich, dass Nils und ihr Vater sofort einen Draht zueinander gefunden hatten. Aber Nils war auch wirklich nett. Man musste ihn einfach mögen.

Um zehn machte sich Helenas Vater zu seiner Gassi-Runde auf. Als auch Nils sich verabschieden wollte, hielt Helena ihn zurück. „Kannst du nicht noch etwas bleiben? Ich muss sowieso aufbleiben, bis mein Vater zurück ist."

Also setzte er sich wieder. „Hast du schon eine Vermutung, wer unser Täter ist?"

Sie seufzte. „Nein, leider überhaupt keine. Sonst wüsste ich, in welche Richtung wir ermitteln könnten. Aber im Moment treten wir auf der Stelle.

Schau mal!" Sie wies auf den großen Weihnachtsstern, der auf einem Blumenhocker in der Ecke stand. Große weiße Blüten, die am Ende rötlich ausliefen.

„Wow, der ist ja schön." Nils rieb sich die Hände.

„Wir waren gestern noch bei Peter Herscheid in der Gärtnerei. Sein Chef züchtet diese Sorten. Sie haben alle Größen und zwischen weiß über pink und rot jede Farbe. Da musste ich gleich einen mitnehmen."

„Da hat sich der Besuch ja gelohnt. Auch in anderer Hinsicht? Hat er etwas sagen können, was euch weiterbringt?"

Sie seufzte. „Nein, das nicht. Er hat bestätigt, was wir schon wussten."

„Hm." Nils schwieg. Helena starrte vor sich hin. Aber sie hatte gewollt, dass er dablieb. Wollte sie ein bestimmtes Thema mit ihm besprechen, ohne dass ihr Vater es mitbekam? Oder wollte sie nur nicht alleine sein?

„Wie geht es dir sonst? Ich meine, mit deinem Vater, um den du dich sicherlich immer mehr kümmern musst und der Corona-Situation?"

Helena seufzte. „Mit meinem Vater komme ich gut zurecht. Er kann noch alleine bleiben, das ist die Hauptsache. Aber durch seine Demenz verliert sich immer mehr der Mensch, den ich gekannt habe. Heute Abend ging es ganz gut, aber es gibt auch Abende, die ich damit verbringe, immer die gleichen Fragen zu beantworten. Und das macht mir Angst. Und Corona? Ich treffe niemanden mehr. Meine Freundinnen sehe ich nur noch auf dem Bildschirm. Ich möchte mich wieder nachmittags in der Eisdiele treffen, zusammen einkaufen gehen, eine Freundin zur Begrüßung umarmen dürfen. Das fehlt mir schon sehr. Und es dauert nun schon so lange. Wie lange wir noch in dieser Lage ausharren müssen, weiß auch keiner. Wenn ich meinen Vater nicht hätte und im Home-Office wäre, würde ich innerlich verkümmern."

Nils schwieg eine Zeitlang. „Ich glaube, du verkümmerst innerlich jetzt schon. Nur etwas langsamer."

Helena sah ihn an und seufzte. „Da hast du recht. Ich weiß einfach nicht mehr, wie ich das aushalten soll. Wie hältst du das denn aus? Du bist doch abends ganz alleine."

„Wenn ich nicht von lieben Menschen eingeladen werde." Er lächelte. „Ich bin Christ. Ich glaube, dass Gott mich auch in dieser Situation gebrauchen möchte. Wie, das erkenne ich, wenn ich die Augen aufmache und die Menschen um mich herum betrachte. Und das ist eine wichtige Aufgabe. Ich kann sie auch am Telefon oder Computer ausführen, aber mir das persönliche Treffen auch lieber."

Helena schnaufte. „Ich glaube, Gott hat nicht aufgepasst, als das Corona-Virus sich auf die Welt schlich. Und weiß er auch nicht, wie es wieder weggeht. Oder es ist ihm egal."

Nils beugte sich zu ihr vor. „Die Welt wird im Augenblick von etwas bedroht, das im biologischen Sinn noch nicht einmal lebendig ist. Es ist nur ein Virus, das einen Wirt braucht, sonst geht es kaputt. Die Krankheiten, die der Menschheit bisher die größten Schwierigkeiten machten, wurden durch Bakterien ausgelöst. Denk mal an die Pestseuchen im Mittelalter. Aber durch die Erfindung des Penicillins und der Impfung sind sie ausgerottet.

Gut, Ebola hat auch einen Virus als Erreger, aber der hat uns hier in Europa kaum betroffen.

Und jetzt macht Gott meiner Meinung nach auf sich aufmerksam und zeigt uns, wie wir in unser vermeintlich sicheren Zeit von etwas aus der Bahn geworfen werden, das noch nicht mal ein Lebewesen ist. Trotz unseres immensen Wissens liegt das normale Leben auf der ganzen Welt brach. Wir können trotz modernster Intensivmedizin nicht verhindern, dass Menschen sterben. Trotz Handy-Apps sind die Infektionsketten nur rudimentär nachweisbar und obwohl die fähigsten Köpfe in den modernsten Labors daran arbeiten, gibt es immer noch kein wirksames Medikament. Seit fast einem Jahr. Ich glaube, dass Gott uns sagen will: Ihr seid nicht so groß, wie ihr meint. Ihr könnt nur reagieren, nichts von euch aus tun. Eure Sicherheiten sind nicht sicher. Wirkliche Sicherheit gibt es nur bei mir. Ich bin Gott, der auch in Krisen Gott bleibt."

„Aber es sterben doch auch Christen, oder werden schwer krank, oder nicht?"

„Ja, sicher. Aber sie gehen in das ewige Leben. Aber was ich viel wichtiger finde: Sie haben die Gewissheit, dass alles in guten Händen ist. Gott weiß, was er tut, und er weiß, was seine Kinder brauchen. Auch Christen sind verzweifelt und sehnen sich nach der Normalität, aber sie haben jemanden, der sie durch diese Zeit führt. Und das ist eine Menge."

„Augenwischerei. Man kann sich viel einreden, wenn es denn nur hilft. Ich glaube, dass es Gott egal ist, wie es den Menschen geht und alles andere halte ich für Quatsch!" Sie verschränkte die Arme vor der Brust und sah Nils nicht an.

„Ok, Gott ist zu höflich, um sich aufzudrängen. Wenn du ihn nicht willst, dann eben nicht. Aber du musst die Konsequenzen tragen. Und da solltest du dir genau überlegen, ob du diesen Preis bezahlen willst. Eine Risiko-Nutzen-Abschätzung kannst selbst du nicht für unvernünftig halten."

Helena lachte auf. „Welches Risiko denn? Ich lebe hier und wenn ich tot bin, bin ich eben tot. Das ist doch kein Risiko."

„Du gehst das Risiko ein, dass die Christen Recht haben und es einen Gott gibt. Dass es ein Leben nach dem Tod gibt. Dass es den Tag der Abrechnung gibt. Möchtest du wirklich vor Gott für dein ablehnendes Verhalten, für deine Gedanken, für deine Lieblosigkeiten Rechenschaft ablegen?"

Helena schwieg. Ihr ging auf, wie bösartig ihre Gedanken und Worte waren, wenn es wirklich einen Gott gab. Ihre Lieblosigkeiten gegen ihren Vater kamen ihr in den Sinn, wenn sie von seiner Demenz genervt war. Die gehässigen Gedanken, selbst gegen ihre Freundinnen. – Ach, egal, es gab keinen Gott, fertig!

Leise sprach Nils weiter. „Gott hat dich sehr lieb, Helena. Er will, dass du in Ewigkeit bei ihm bleibst. Dafür hat er seinen Sohn grausam sterben lassen. Wäre es nicht ratsam, sich das Ganze wenigstens mal durch den Kopf gehen zu lassen? Spiel mal gedanklich durch, wie es wäre, wenn du wüsstest, dass du am Ende deines Lebens sicher bei einem Vater wärst, der sich um dich kümmert. Und der dich im Leben schon unterstützt, dir Menschen zur Seite stellt, die dir helfen und die dich trösten. Und er dir eine Aufgabe gibt, die deine Fähigkeiten vollständig zur Anwendung bringt. Das ist das Risiko, dass du eingehst, wenn du Gott verleugnest."

Sie hörten einen Schlüssel im Schloss. „So, Harro, wir haben es wieder geschafft. Kalt ist es, nicht wahr?"

Nils erhob sich. „So, ich mache mich auf. Schlaf gut.!

Ihr heiseres „Gute Nacht!" hatte er vermutlich gar nicht mehr gehört.

Kapitel 22

Markus saß am Schreibtisch, den Kopf in die Hände gestützt. Es war noch sehr früh, die Kollegen machten die Übergabe von der Nacht und Helena war noch nicht da.

Gestern Abend hatte er seine Kinder sehen dürfen. In einem Raum im Jugendamt. Fremde Spielsachen, fremde Umgebung und seine Kinder gehemmt wie selten zuvor. Aber es war so schön gewesen, sie auf dem Schoß zu halten und mit ihnen zu sprechen und zu spielen. In seinem Herzen wuchs der Groll gegen seine Frau. Sie hatte den Kindern erzählt, dass es zu gefährlich wäre, den Papa zu besuchen, weil der sich immer mit Verbrechern abgebe. Die kleine Svenja hatte sich im Raum ängstlich umgeschaut und wollte erst nicht zu ihm, bis er ihr erklärt hatte, dass die Verbrecher nicht in seiner Nähe sein wollten, damit er sie nicht ins Gefängnis werfen konnte. Felix hatte seine Spielzeugpistole dabei.

„Nur zur Sicherheit", meinte er grinsend, „Vielleicht denkt der Verbrecher, sie ist echt und haut ab."

Markus lächelte, aber in seinem Herzen zerriss etwas. War es nicht schlimm genug, dass Susanne ihm die Kinder wegnahm? Musste sie ihnen auch noch Angst vor dem Vater machen?

Er hatte nicht nach dem Leben mit Stefan gefragt. Er wollte es so genau gar nicht wissen. Aber die Kinder hatten aus ihrem Leben erzählt und da kam Stefan natürlich vor. Es tat so weh. Als die Stunde vorbei war und sie Mitarbeiterin des Jugendamtes die Kinder wieder zur Mutter brachte, war er einerseits froh, dass es vorbei war. Er wollte nichts mehr von der neuen Familie seiner Kinder hören, Andererseits wollte er heulen und sich auf den Boden werfen, weil die Zeit mit seinen Kindern schon vorbei war.

Heute Morgen hatte schon bei seinem Anwalt angerufen und ihm gesagt, was seine Frau den Kindern erzählte. Dieser hatte einen Antrag aufgesetzt, dass solche Beeinflussungen unterbleiben müssen, weil sie nicht dem Kindeswohl entsprechen. Die Kinder lieben den Vater und brauchen ihn und es ist ungesetzlich, Ihnen Angst vor der Nähe des Vaters einzureden.

Aber letztendlich war der Schaden bereits angerichtet. Susanne hatte die Worte schon gesprochen und die Kinder hatten bereits Angst.

Er seufzte. „Lieber Vater im Himmel, ich fühle mich so hilflos. Es gibt nichts, was ich gegen diese Ungerechtigkeit tun könnte, ohne die Kinder noch weiter in Mitleidenschaft zu ziehen. Bitte nimm du diese verfahrene Situation in deine Hände und führe sie zum Guten. Ich will für meine Kinder da sein dürfen. Als Familienvater, wie du es gewollt hast, darf ich das nicht mehr. Lass bitte nicht zu, dass Susanne mit ihren falschen Anklagen durchkommt. Und, Herr, bitte gib, dass die Kinder keinen Schaden nehmen. Sie sind schon so belastet. Bitte führe du diese Situation zu einem guten Ende. Amen."

Mit den Händen fuhr er sich über das Gesicht, stand auf und holte sich erstmal einen Kaffee. Sein privates Dilemma hatte er in fähigere Hände abgegeben, jetzt konnte er sich mit seinem Fall befassen.

Helena betrat mit einem fröhlichen „Guten Morgen!" den Raum.

„Guten Morgen! Na, einen schönen Abend gehabt?"

„Ja, war sehr nett, danke der Nachfrage."

„Hm" Markus hätte getippt, dass Nils Helena freundlich klarmachen würde, dass das mit ihnen beiden nichts werden konnte, aber das hatte er wohl nicht getan. Zumindest wirkte Helena, als wäre das Abend ganz nach ihren Wünschen verlaufen. Naja, Nils würde wissen was er tat.

Helena setzte sich ihm gegenüber. „Wie gehen wir heute vor?"

Markus schaute auf. „Ganz ehrlich? Ich habe keine Ahnung. Erstmal müssen wir der Familie von Rothenstein sagen, dass sie nach Hause fahren sollten. Zu den Beerdigungen können sie ja wiederkommen. Und dann? Was meinst du?"

Helena begann, sich mit einem Kuli in den Haaren zu spielen. „Der Täter muss in der Familie zu finden sein, denn wir haben nichts gefunden, was auf einen Täter von außerhalb deutet. Sie nach Hause zu schicken, dabei habe ich kein gutes Gefühl. Aber wenn er weitemordet, können wir nicht alle zusammenlassen, das versteht sich."

„Sehe ich genauso!" Markus klatschte einmal in die Hände, während er sich schwungvoll nach hinten warf. „Aber wer war es? Gib mal einen Tipp ab. Was sagt dein Bauchgefühl?"

„Hm" Der Kugelschreiber wanderte vor ihren Mund. „Es ist komisch, aber bei keinem schreit mein Instinkt. „Der wars!". Sonst habe ich meistens ein Gefühl bei einem der Verdächtigen, aber diesmal – da ist einfach nichts."

Markus nickte. „Mir geht es ganz genauso. Vielleicht war es tatsächlich keiner von ihnen. Vielleicht haben wir den Täter einfach noch nicht auf dem Schirm."

Helena schaute skeptisch. „Und in welcher Richtung würdest du weitersuchen wollen? Beruflich ist nichts, Freunde hatte er so gut wie keine, Familie wollen wir ausschließen."

Markus verschränkte die Arme und schaute Helena an. „Hat er wirklich keine Freunde? Gut, Frau Herscheid hat das so gesagt, aber vielleicht hatte er ja mal welche."

„Wieso denkst du das? Er scheint kein sehr netter Mann gewesen zu sein, zumindest außerhalb seines Büros nicht."

„In seinem Arbeitszimmer hängen Jagdtrophäen. Er hält Pferde. Er wohnt in einem Gebiet, in dem man sicher gut jagen kann, viele Felder und Wälder in der Nähe. Wie war er, als er jünger war? Haben wir das überhaupt mal gefragt?"

Helena stützte die Arme auf den Tisch. „Du hast recht, das haben wir nicht. Wir haben uns zu sehr auf den aktuellen Stand verlassen. Durchaus möglich, dass es früher Freunde gab, die inzwischen zu Feinden geworden sind."

„Genau. So erfolgreich wird man nicht, wenn man versucht, es allen recht zu machen. Da macht man sich Feinde. Auf geht's, wir besuchen Frau Herscheid."

Helena stand auf. „Ich fahre!"

Kapitel 23

Wiemanns und von Rothensteins saßen noch beim Frühstück, als Markus und Helena eintrafen. Frau Herscheid wurde dazu gebeten, den Kommissaren Kaffee angeboten. „Tut mir leid, Corona-Auflagen", lehnte Markus das Angebot ab. Es waren einfach zu viele Menschen im Raum, um die Masken abzunehmen. Die Befragung konnte beginnen.

„Wir möchten die Suche nach dem Täter auf die Vergangenheit ausweiten", begann Markus. „Können Sie mir sagen, mit wem ihr Vater regelmäßig jagen gegangen ist? Irgendwoher müssen die Jagdtrophäen im Arbeitszimmer ja stammen."

Nicole Wiemann überlegte. „Ja, da gab es einige Familien. Aber soweit ich weiß, besteht da kein Kontakt mehr."

Helena sah sie an. „Würden Sie mir die Namen aufschreiben?"

Nicole nickte und Markus fuhr fort. „Gab es in diesem Haus Sommerfeste, Bälle, irgendetwas in der Art?"

Frau Herscheid lächelte. „Oh ja, als Frau von Rothenstein noch lebte" – sie warf einen Blick auf Marla von Rothenstein und fuhr fort „Ich meine die Frau von Roland von Rothenstein, da gab es Empfänge, Musikabende, Sommerfeste und dergleichen mehr. Es war viel Arbeit, aber wenn das Haus voll war…" Ein träumerischer Zug legte sich auf ihr Gesicht.

„Gibt es davon auch noch Gästelisten?" Helena hatte sich zu ihr gebeugt.

Frau Herscheids Lächeln war abrupt erloschen. „Nein. Das wurde nach dem Tod der Hausherrin alles entsorgt. Herr von Rothenstein wollte keine Gesellschaften mehr geben.

„Gab es dafür einen bestimmten Grund? Ich meine, ist etwas vorgefallen, ein Streit oder so, dass er seine früheren Freunde nicht mehr sehen wollte?"

Jetzt meldete sich Andreas von Rothenstein zu Wort. „Er wollte sie ja sehen, aber nicht alle zusammen. Zudem hat er sich nach Mutters Tod in seine Arbeit gestürzt. Er hatte für niemanden mehr Zeit. Selbst für uns nicht." Die letzten Worte klangen bitter.

Helena wandte sich wieder an Frau Herscheid. „Es gibt doch diesen Nachbarn – wie hieß er noch gleich? Der mit ihm per Skype Schach gespielt hat."

„Döveling" warf Frau Herscheid automatisch ein.

„Genau. Könnte der wissen, ob er mit jemandem im Streit auseinander gegangen ist?"

„Hm, vielleicht. Ich könnte nicht sagen, über was die beiden sich beim Spielen unterhalten haben. Warten Sie, ich schreibe Ihnen die Adresse auf." Mit diesen Worten erhob sie sich und suchte einen Block und Stift aus einer Schublade in der Anrichte.

Nach nur wenigen Minuten saßen Markus und Helena wieder im Auto und fuhren zum nicht sehr nah gelegenen Nachbarn.

„Und, wie war es gestern Abend mit Nils wirklich?" Er drehte sich im Beifahrersitz zu ihr, soweit der Gurt das zuließ.

Helena druckste ein bisschen herum. „Naja, normalerweise hätten wir uns irgendwo zum Essen getroffen, oder wären im Sommer draußen gewesen. Aber das geht jetzt alles nicht. Diesmal musste das erste Treffen bei mir zuhause stattfinden. Mit meinem Vater zusammen."

Markus kicherte. Helena hatte ihm schon in den ersten Tagen von den Eigenarten ihres Vaters erzählt. „Und, wie war er drauf?"

Jetzt musste Helena auch kichern. „Er hatte einen seiner besseren Tage. Aber sowas weißt du ja immer erst hinterher. Ich hatte die ganze Zeit Angst, dass er irgendwas Unpassendes sagt oder fragt. Oder plötzlich aufsteht und den Fernseher anmacht oder was anderes. Aber Nils war super. Er hat ihn gleich auf seine Seite gezogen. Man merkt wirklich, dass er öfter bei älteren Menschen zu Besuch ist. Gleich heute Morgen hat er mich gefragt, ob Nils wiederkommt und wann. Er hat ihn sich gemerkt. Mit Namen. Das braucht normalerweise viele Wiederholungen, bis das sitzt und es gibt keine Garantie. Ich bin so froh darüber. Vielleicht ist die Demenz meines Vaters doch noch nicht so schlimm, wie es den Anschein hatte. Vielleicht liegt es daran, dass er wegen Corona so wenig Kontakte hat."

„Möglich." Markus lehnte sich wieder bequem zurück. „Und wie war es nun mit Nils?"

Helena schwieg eine Weile. „Es war ein schöner Abend. Aber er ist nun mal ein Pastor. Er ist nett, aber er denkt nun mal in wichtigen Fragen anders als ich. Und er ist fest von seinem Glauben überzeugt. Ich weiß nicht, ob ich das kann. Eine Beziehung muss einiges aushalten, da sollte man sich in Grundsatzfragen doch einig sein, oder?"

Auch Markus brauchte einen Augenblick. „Das ist eine reife Sicht der Dinge. Und dass du seine Überzeugungen irgendwann teilen könntest, das erscheint dir unmöglich?"

Helena zuckte mit den Schultern. „Unmöglich vielleicht nicht. Aber eher unwahrscheinlich. Dafür brauche ich Zeit. Aber hier habe ich einen Mordfall zu lösen und zuhause nimmt mein Vater mich in Beschlag. Wann soll ich diese Fragen klären? Auf der Autofahrt? Dafür wohne ich nicht weit genug weg."

„Ich weiß, was du meinst. Aber wirklich wichtige Fragen klären sich nicht von alleine. Und wenn der Druck entsprechend groß ist, dann hat man auch die Zeit dazu."

„Mag sein. Wir sind da."

Helena hielt vor einem gepflegten Einfamilienhaus. Die Weihnachtsbeleuchtung erhellte den tristen Vormittag und wirkte sehr einladend auf die beiden Kommissare.

Eine Frau mittleren Alters öffnete die Türe. Die Kommissare durften eintreten und die Frau, die sich als Frau Vanderholten vorstellte, führte sie in das hintere Zimmer, in dem ihr Vater lebte. Das Zimmer war hell, mit einem höhenverstellbaren Bett, einem kleinen Sofa und einem bequemen Sessel um einen Tisch herum ausgestattet. Herr Döveling saß in dem Sessel, einen Rollator neben sich, und las.

„Papa, hier ist Besuch für dich." Frau Vanderholten öffnete die Tür und ließ die Kommissare eintreten. „Darf ich Ihnen eine Tasse Kaffee anbieten?"

Die beiden Kommissare lehnten ab. Bei dem alten, kranken Mann wollten sie die Masken lieber zu seinem Schutz aufbehalten.

Markus und Helena setzten sich auf das Sofa, während Herr Döveling sein Buch weglegte und die Lesebrille abnahm. Helena dachte: Er sieht aus, wie der Großvater in einem Märchen, so lieb und gütig.

Herr Döveling war mit einer bequemen Kordhose und einem schicken Pullover in Tönen von Sand bis tiefbraun gekleidet. Er trug feste Schuhe und hatte einen gepflegten Bart.

Er weiß, dass er nichts angestellt haben kann und dass es eine nette Abwechslung ist, wenn er mal etwas anderes sieht und hört, dachte Helena.

Herr Döveling wirkte nicht im Mindesten aufgeregt oder misstrauisch, wie sie das von ihren Besuchen her kannte, wenn man sie nicht gerufen hatte. Er saß entspannt in seinem Sessel und wartete auf das, was sie ihm erzählen würden.

Markus setzte sich aufrecht hin und zückte sein Notizbuch. „Herr Döveling, wir haben Ihre Adresse von Frau Herscheid, der Haushälterin von Herrn von Rothenstein. Sie kennen Herrn von Rothenstein schon lange und waren bis zum Schluss sein Schachpartner. Ist das richtig?"

Herr Döveling nickte. „Schrecklich, was da passiert ist. Ich konnte es erst gar nicht glauben. Ja, wir haben oft Schach gespielt. Roland – Herr von Rothenstein - ist manchmal hierhergekommen. Dann hat er da gesessen, wo Sie jetzt sitzen und wir haben dabei über alte Zeiten geredet. Aber ich konnte nicht ohne größeren Aufwand zu ihm. Deshalb sind wir auf die Idee gekommen, per Skype zu spielen."

„Aber es gibt doch auch „Online-Schach". Da spielt man gegen mehrere Gegner", warf Helena ein.

Herr Döveling nickte. „Sicher. Aber uns ging es darum, etwas zu tun, um uns unterhalten zu können. Über die guten, alten Zeiten zu plaudern. Ein oder zwei Schnäpschen zu trinken. So in der Art.

Manchmal wussten wir gar nicht mehr, wer jetzt am Zug war, weil wir uns festgequatscht hatten."

Er kicherte. „Bei Frauen heißt das Kaffee-Kränzchen, aber für Männer gibt es nur das Wort „Stammtisch". Und das passte für uns nicht. Aber Skype-Schach klingt auch viel gehobener, finden Sie nicht?"

Er lachte und Helena und Markus stimmten mit ein. Das war ja wirklich ein lustiger Vogel. Sicherlich hatte auch Herr von Rothenstein viel Spaß mit ihm gehabt.

Markus kam wieder aufs Thema zurück. „Wir sind auf der Suche, nach alten Freunden, mit denen sich Herr von Rothenstein zerstritten haben könnte. Ist Ihnen da was bekannt?"

Das Gesicht des alten Mannes zog sich in bekümmerte Falten. „Oh, Sie suchen den Mörder, stimmt´s? Also, wenn Sie in der Vergangenheit suchen, haben Sie viel zu tun. Roland war nicht sehr diplomatisch. Nein, anders, seine Frau hat gerne Feiern organisiert. Jagdausflüge mit anschließendem Essen, Sommerfeste, Maskenbälle, es gab alle zwei, drei Monate ein großes Fest im Wasserschlösschen. Aber als sie gestorben war, wollte Roland nichts mehr davon wissen. Ist ja auch verständlich, oder? Wer gibt nach dem Tod seiner Frau große Partys?

Jedenfalls wies er auch alle Einladungen zurück. Selbst Einladungen zum Abendessen, die schlicht waren. Er wollte keinen mehr um sich haben."

208

Markus nickte. So etwas hatte Andreas von Rothenstein bereits angedeutet. Er hatte sich auch nicht mehr um die Kinder gekümmert.

„Das war auch zwei oder drei Jahre nach dem Tod noch der Fall. Und wenn man alles absagt, bekommt man irgendwann keine Einladung mehr. Das ist der natürliche Lauf der Dinge. Roland hätte ins Wasserschlösschen einladen können. Zwei drei Freunde zum Abendessen, das hätte gereicht, um die Freundschaften neu aufleben zu lassen."

„Aber das hat er nicht getan." Helena vollendete den Satz.

Markus nahm den Faden auf. „Na gut, aber das ist doch kein Grund, ihn zu ermorden. Jemand muss sehr wütend auf ihn gewesen sein, um ihm einen Brieföffner in den Rücken zu stoßen."

Herr Döveling nickte. „Nach und nach hat er sich dann nahezu alle seine Freunde zu Feinden gemacht. Mal mit mehr, mal mit weniger schlimmen Sachen."

Jetzt horchten die Kommissare auf. „Können Sie uns Beispiele nennen? Und Namen?"

Herr Döveling schwieg eine Weile. „Tut mir leid, mein Gedächtnis ist nicht mehr das, was es mal war. Junge Frau, geben Sie mir doch bitte mal die Blechschachtel aus dem Schrank."

Helena stand auf und ging zu der Schrankwand.

„Hinter der Klappe, wo der Schlüssel steckt"

Helena öffnete die Klappe und auf einer Reihe säuberlich aufgereihter Bücher stand eine golden schimmernde Blechdose, die jedem Piratenschatz zur Ehre gereicht hätte.

Helena reichte sie dem alten Mann und schloss den Schrank wieder.

Herr Döveling öffnete vorsichtig die Dose. Sie war voller Fotos.

„Früher hat man noch viel mehr Fotos gemacht. Also, ich meine, auf Fotopapier, nicht digitale Bilder. Ich bin nicht dazu gekommen, alle einzukleben. Bei manchen wusste ich gar nicht, wo ich sie hintun sollte. Die sind alle hier in der Schachtel gelandet."

Er kramte ein bisschen herum. „Vielleicht bringt das mein Gedächtnis wieder auf Vordermann. – Hier, ich habe den Namen vergessen, aber vielleicht komme ich noch darauf, er wollte ein Darlehen von Roland, weil sein Hof während der Krankheit seiner Frau nicht genug abwarf. Er wollte Futter kaufen, um die Tiere über den Winter zu bringen. Roland hat das abgelehnt."

„Und, hat er einen Bankkredit bekommen?" Markus betrachtete das Bild.

„Nein, da hatte er vorher bereits eine Absage erhalten. Er musste einen großen Teil des Viehs schlachten und verkaufen. Erst sah es aus, als wäre er am Ende, aber er hat sich erholt. Jedenfalls gibt es den

Hof noch und er hat, soweit ich weiß, auch einen guten Tierbestand."

„Wusste Herr von Rothenstein davon, oder hat es ihn nicht mehr interessiert, was aus dem Hof wurde?"

„Doch, er hat genau verfolgt, was aus ihm wurde. Meiner Meinung nach hätte Roland sicher sein können, dass er sein Geld zurückbekommen hätte. Aber er meinte, wenn er ihm ein Darlehen gegeben hätte, dann hätte er sich nicht aus Frust so in die Arbeit gestürzt und er hätte sein Geld nie wiedergesehen."

„Sie kannten beide. Stimmt das?"

„Nein, Herr Weitz – da ist der Name wieder – war immer ein Ehrenmann. Er hätte Tag und Nacht geschuftet, um Roland das Geld zurückzuzahlen. Aber wenn Roland nicht wollte, wollte er nicht."

Er kramte weiter. „Hier, der wollte ein Stück Land von ihm kaufen. Es lag außerhalb von Rolands Besitz, grenzte nicht mal an sein Land. Er brauchte es für – ich hab´s vergessen, ist ja auch egal, aber es war etwas Wichtiges. Er hat Roland einen guten Preis geboten, aber Roland wollte nicht. Er hat dieses Land nicht genutzt. Es war Wiese, aber es war zu weit weg, um die Pferde darauf grasen zu lassen. Ich glaube, sie wurde einmal im Jahr gemäht, um Heu für den Winter zu haben. Aber er hatte genug andere Wiesen dafür. Er wollte einfach nicht."

Das waren alles keine Kandidaten für einen spontanen Mord an Heiligabend wer-weiß-wie-viele Jahre danach, aber es zeigte deutlich, was Herr von Rothenstein für ein Mensch gewesen war.

„Hat er es nur unterlassen, seinen ehemaligen Freunden zu helfen, oder hat er, sagen wir, ihnen auch bewusst Knüppel zwischen die Beine geworfen?"

Jetzt rutschte Herr Döveling unruhig auf seinem Sessel herum. „Das hat er mir nicht erzählt. Das hätte er niemandem erzählt, aber es gab Gerüchte."

Wieder ein Kramen in der Kiste.

„Hier! Herr Schröder. Sein Sohn wurde vor zwei Jahren von einem Auto angefahren, dass zu schnell war. Der Junge war danach geistig schwer behindert. Den Fahrer des Wagens hat man nie geschnappt, aber es heißt, dass es der Sohn, der Dirk, gewesen sein soll. Roland soll den Staatsanwalt bestochen haben, damit nicht gegen seinen Sohn ermittelt wird. Der Sohn von Herrn Schröder ist im November dieses Jahr gestorben."

In Helenas und Markus' Gehirnen spielte sich die gleiche Szene ab. Ein Nachbar, blind vor Wut und Trauer stürmt in das Arbeitszimmer, beschuldigt Roland von Rothenstein der Bestechung und sticht ihm den Brieföffner in den Rücken. Dann manipuliert er die Bremsen des Wagens, um auch den Mörder seines Sohnes zur Strecke zu bringen.

„Haben Sie die Adresse dieses Mannes?" Markus war schon dabei, aufzustehen und stieß an den Tisch, als Herr Döveling die Blechdose darauf abstellen wollte. Sie kippte und der Inhalt verteilte sich auf dem Boden. Helena sprang auf und sammelte die >Fotos schnell wieder ein. Ein Bild hatte sich unter dem Sessel verkeilt und sie brauchte einen Moment, um es zu lösen.

„Ist das Roland von Rothenstein?" Sie zeigte Herrn Döveling das Bild.

„Ja, mit seinem Sohn."

Helena stutzte. Den Mann auf dem Bild schätzte sie auf 60 Jahre. Dann müsste jüngster Sohn Dirk aber schon 16 gewesen sein. Der Junge auf dem Bild war aber höchstens drei Jahre alt.

„Welcher Sohn? Das ist doch nicht Dirk."

Herr Döveling lachte. „Nein, das ist Peter."

Peter? dachte Markus, es gab keinen Peter von Rothestein.

„Ist er gestorben?" Helena fragte nach.

„Nein, Peter Herscheid, der Sohn von Frau Herscheid ist auch Rolands Sohn gewesen. Hat sie Ihnen das nicht erzählt?"

Markus knirschte mit den Zähnen. Sie hatten nicht danach gefragt.

„Nun", redete Herr Döveling weiter, „es gibt auch kaum Fotos von den beiden, denn so sehr der kleine Kerl Roland in seiner Einsamkeit getröstet hat, später wollte er ihn nicht als Sohn anerkennen. Obwohl Peter es sich sehr gewünscht hat, soweit ich das mitbekommen habe. Roland wollte einfach nicht."

Die Kommissare bedankten sich und verließen das Haus.

Kapitel 24

Auf der Polizeidienststelle stürzte sich Markus sofort auf seinen Platz. „Wir müssen die Akten anfordern, damit wir den Fall Schröder unter die Lupe nehmen können. Endlich eine Spur!"

Helena folgte ihm etwas verhaltener. „Mein Bauchgefühl sagt mir, dass da etwas mit Peter Herscheid nicht stimmt."
„Warum? Nur weil von Rothenstein sein Vater war? Trotzdem ist er erst dazu gekommen, als von Rothenstein schon tot war. Das haben beide übereinstimmend ausgesagt, Mutter und Sohn. Nein, dieser Schröder hat ein Motiv. Ich will die Fallakte und dann überprüfen wir sein Alibi für Heiligabend."

Markus' Handy klingelte.

„Ja, Steiger?"

„…"

„OK, nein, das geht. Ich bin gleich da."

Helena stand auf und nahm ihre Tasche. „Was ist passiert?"

„Der Elektriker hat endlich Zeit, meinen Herd anzuschließen. Überprüfe du doch schon mal die Akte Schröder. Das dürfte bei mir nicht allzu lange dauern. Aber falls du rausfährst, nicht alleine. Nimm meinetwegen Orlund mit."

Und schon war er verschwunden.

Helena seufzte und ließ sich wieder auf ihren Schreibtischstuhl sinken. Was mit dem Jungen von Schröder passiert war, war schlimm und wenn sich die Gerüchte bestätigten, war es eine Sauerei. Wäre von Rothenstein vor zwei Jahren ums Leben gekommen, dann müsste man Schröder ganz sicher in die engere Auswahl nehmen, aber jetzt? Gut, der Junge war erst jetzt gestorben, aber löste das in dem Vater Mordlust aus? Vielleicht.

Hm. Wie konnte man Peter Herscheid nachwiesen, dass er schon vor halb elf im Wasserschlösschen gewesen war? Es hatte ihn niemand gesehen. Sie hatten auch die Nachbarn befragt, aber genau wie vermutet, hatten die alten Leute von ihrem Nachbarn nichts gesehen oder gehört.

Wer könnte ihn noch gesehen haben? Er musste nicht durch Billerbeck fahren, die Strecke war recht einsam. Da gab es nicht viele Leute, die dort wohnten. Bauern, aber die Höfe lagen ein ganzes Stück von der Straße zurückgesetzt. Da merkte niemand, wenn ein Auto vorbeifuhr.

Ein Jogger, oder Spaziergänger mit Hund vielleicht. Aber an Heiligabend zwischen zehn und halb elf? Und hatten die sich angeschaut, welcher Wagen das war, möglichst mit Kennzeichen? Dirk von Rothensteins Auto, das fiel auf, aber Peter Herscheids Wagen war irgendwie unauffällig.

Sie seufzte, froh darüber, dass ihr Telefon klingelte. Ein Blick aufs Display zeigte ihr, dass sich ihr Vater meldete.

„Hallo Papa!"

„Helena, da bist du ja. Wann kommst du denn nach Hause? Wir müssen bald essen."

„Papa, ich bin auf der Arbeit. Heute Abend koche ich uns etwas. Kannst du dir ein Brot machen, oder eine Banane essen?"

„Ich habe schon eine Banane gegessen. Ich habe immer noch Hunger."

„Im Kühlschrank ist frische Wurst, die habe ich gestern gekauft. Mach dir doch ein oder zwei Brote. Die kannst du vor dem Fernseher essen. Deine Serie fängt gleich an."

„Welche Serie?"

Heute hatte ihr Vater einen schlechten Tag. „Die du gestern nicht schauen konntest, weil Nils uns besucht hat."

„Wir hatten Besuch?"

Es stand wirklich schlimm heute. „Papa, weißt du was? Ich komme vorbei und mache dir etwas, in Ordnung?"

„Isst du mit mir?"

Helena seufzte. Sie würde ihre Mittagspause über-ziehen müssen. „Ja, klar. Bis gleich."

Gut, dass Markus nicht da war. Ihr wäre es unange-nehm, wenn er die Hilfsbedürftigkeit ihres Vaters mitbekommen würde. Aber war das auf Dauer zu verhindern? Je weiter die Krankheit fortschritt, umso mehr war er auf ihre Hilfe angewiesen. Das war si-cher nicht die letzte Mittagspause, die sie zuhause verbringen musste.

Zuhause angekommen stellte sie fest, dass ihr Vater alle Bananen gegessen hatte. Wurstbrote konnte sie nicht machen, weil ihr Vater die Wurst aufgegessen oder an den Hund verfüttert hatte. Sie machte Brote mit Rührei und setzte sich zu ihrem Vater an den Tisch. Nach Dienstschluss musste sie unbedingt ein-kaufen gehen.

„Du willst doch nicht wieder los?" Ihr Vater legte er-staunt die Gabel weg, als Helena sich die Schuhe an-zog. „Du musst erst deine Hausaufgaben machen."

Sie legte ihrem Vater den Arm um die Schultern. „Papa, ich muss zur Arbeit. Hausaufgaben brauche ich nicht mehr zu machen. Ich komme heute Abend wieder."

Verwirrt schaute ihr Vater sie an. „Soll ich dich ir-gendwo abholen? Nicht, dass es wieder schneit."

„Nein, Papa, es schneit nicht. Und du kannst Harro nicht so lange alleine lassen." Helena hoffte, dass der

Hund ihn wieder in die Gegenwart zurückholen würde, wie schon oft.

Im Auto seufzte sie aus tiefstem Herzen. Es tat so weh, ihren Vater wegdriften zu sehen. Und es gab einfach nichts, was man dagegen tun konnte. Aber was hatte er immer mit seinem Schnee? Hier schneite es eher selten. In manchen Wintern gab es überhaupt keinen Schnee, sie wohnten ja nicht in Winterberg.

Aber es hatte in diesem Jahr Schnee gegeben. An Heiligabend. Plötzlich hatte sie wieder die Stimme ihres Vaters im Ohr. „Es fing an, als Harro und ich zum Spaziergang aufgebrochen sind und als wir wiederkamen, war alles weiß."

An Heiligabend hatte es also um zehn geschneit. Und am Wasserschlösschen gab es keine Fußspuren. Also konnte Peter Herscheid nicht um halb elf zu seiner Mutter gekommen sein. Er musste schon gegen zehn dort gewesen sein. Er hatte gelogen. Warum? Und warum hatte seine Mutter gelogen? Anfangs wussten sie doch noch gar nicht, wann der Todeszeitpunkt war.

Sie hatte gar nicht bewusst gelogen. Ihr Sohn hatte ihr gesagt, dass er gerade erst angekommen war. Sie selbst hatte seine Ankunft nicht mitbekommen, weil sie bei den von Rothensteins gewesen war.

Aber warum log Peter Herscheid? Sie musste ihn erneut befragen.

In der Dienststelle war Markus´ Platz immer noch verwaist. Der Elektriker brauchte wohl länger. Sollte sie Orlund fragen, ob er mit ihr zu Peter Herscheid rausfuhr? Helena mochte ihren Chef nicht besonders, und bis sie ihm genau erzählt hatte, warum und wieso sie diese Befragung jetzt durchführen wollte… Das dauert zu lange.

„Nicht alleine" hatte Markus gesagt. Das war gegen die Dienstvorschrift. Nun, sie konnte Nils mitnehmen. Der war eingeweiht und würde gerne mitkommen. Während sie ihn auf dem Handy anrief, mahnte sie eine leise Stimme: Auch Nils ist gegen die Vorschriften. Er ist kein Polizist. Vielleicht gefährdest du eine Zivilperson.

Aber Nils ging nicht ran. Sie hinterließ ihm eine Nachricht, dass sie sich in der Gärtnerei Terklothe treffen würden, nahm ihren Schlüssel und fuhr los.

Kapitel 25

Er lachte. Sobald er sich beruhigt hatte, fing er wieder an zu kichern und er fand kein Ende. Diese blöden Bullen. Sie wussten nichts, gar nichts. Sie stocherten in der Firma herum, bei Andreas und Nicole und wer weiß wo noch, nur auf ihn kamen sie nicht. Er konnte sie alle umbringen, sie würden es nie herauskriegen. Sie sahen den Zusammenhang nicht.

Beim ersten Mal war es im Affekt geschehen. Was musste der Alte ihn auch so ärgern? Da hatte er sich noch Sorgen gemacht, er könnte entdeckt werden. Aber bei Dirk hatte es Spaß gemacht. Es war eine Genugtuung gewesen. Ok, er war aufgeregt, vorher und hinterher, aber das gehörte zum Kitzel dazu, oder? Und nun? Er überlegte. Wer würde der Nächste sein?

Sollte er das spontan entscheiden? Nein, vielleicht besser planen. Den arroganten Andreas zuerst, am besten mit seiner hochnäsigen Frau zusammen. Wieder ein Autounfall? Nein, sie waren beim letzten Mal misstrauisch genug gewesen.

Vielleicht eine Lebensmittelvergiftung. Gerd und Nicole würden auch krank, aber mit dem Leben davonkommen. Und nur, damit er sie anschließend auch noch ermorden konnte.

Oder ein Reitunfall? Allerdings kannte er sich mit Pferden nicht besonders gut aus.

Ach, ihm würde schon etwas einfallen. Ob die vier länger hierbleiben mussten, als die Corona-Beschränkungen es zuließen? Eigentlich durften sich nur über Weihnachten drei Haushalte treffen.

Aber das war nicht so wichtig. Coesfeld und Ascheberg lagen in Reichweite, aber er musste sich eventuell etwas anderes überlegen, weil er nicht so leicht in die Häuser kam.

Vielleicht sollte er die Lebensmittelvergiftung schon heute vornehmen. Welche seiner giftigen Gartenpflanzen waren denn schon um diese zeit einsatzbereit?

Mal sehen, Maiglöckchen und Herbstzeitlose hatten noch keine Saison. Rizinus auch nicht. Am besten wäre etwas, bei dem alle Pflanzenteile giftig waren. Der Riesenbärenklau zum Beispiel. Aber den hatte er nicht da. Echten Seidelbast? Ja der stand hinter den Gewächshäusern.

Eiben standen in der Hecke um das Grundstück, da genügten schon einige Nadeln, aber die sollten sehr bitter schmecken.

Eisenhut? Der wuchs noch nicht, aber er hatte einige Knollen da.

Vielleicht eine Kombination? Aber das würde vermutlich alle umbringen. War ja auch egal. Nur seine Mutter musste er da raushalten. Vielleicht konnte er sie zum Essen einladen.

222

Vor sich hin pfeifend schritt er durch die Gärtnerei und schnitt sich die Zutaten von den Büschen ab. Er holte eine Knolle vom Eisenhut aus dem Gewächshaus und begann, kleine Teile der Knolle abzuschneiden. Die geschnittenen Nadeln der Eibe und des Seidelbasts erinnerten beim flüchtigen Hinschauen an Schnittlauch. Er konnte sie über den Salat oder das Gemüse streuen oder genauso gut in die Suppe geben, sie würden nicht auffallen. Die Knollenteile könnten auch Selleriestückchen sein, fand er. Sie fielen nicht weiter auf. Er wusch sich gründlich die Hände, als er den Kies auf dem Parkplatz knirschen hörte. Ein Wagen war vorgefahren.

Kundschaft. Er ging in den Verkaufsraum, sein freundlichstes Lächeln auf dem Gesicht.

Kapitel 26

Markus war sauer. Der Elektriker, der ihn vom Dienst weggeholt hatte, war unpünktlich. Seit zwanzig Minuten stand er nun schon in der Wohnung und wartete auf den Mann. Gerade jetzt, wo sich bei ihrem Fall neue Wege abzeichneten. Nur gut, dass sie den alten Herrn Döveling besucht hatten. Aber es war auch sträflich nachlässig gewesen, nicht die Vergangenheit des Mordopfers zu überprüfen.

Ach, er war durch seine private Situation zu abgelenkt, sonst wäre ihm das nicht passiert, da war er sicher.

Er stellte sich an das Wohnzimmerfenster, das auf die Straße hinausging, und von dem er die Ankunft des Handwerkers am ehesten bemerken würde. In diesen Momenten, wenn er Zeit zum Nachdenken hatte, stieg sein Zorn auf Susanne hoch. Wie konnte sie ihm das antun? War die ganze Sache mit der Scheidung nicht schon schlimm genug? Musste sie ihm auch noch den Kontakt zu seinen Kindern so schwer machen?

Und er konnte nicht zurückschlagen. Wenn er Gleiches mit Gleichem vergalt, wenn er sie beschuldigte, die Kinder nicht zu behandeln oder zu gefährden, dann kämen die Kinder wahrscheinlich ins Heim oder in eine Pflegefamilie. Er würde das die Kinder nicht ausbaden lassen.

Ein Gedanke schoss durch sein Gehirn: *Verschafft euch nicht selbst Recht, denn es ist meine Sache, Rache zu üben, ich will euch alles vergelten.*

Das ist aus dem Römerbrief, dachte er. Langsam wurde er ruhiger. Er konnte sich nicht selbst rächen, weil das die Kinder ausbaden würden. Aber das musste er auch nicht, ja er sollte es auch gar nicht. Gott würde das für ihn übernehmen. Irgendwann musste Susanne dafür geradestehen. Und dann würden die Kinder nicht darunter leiden, das war ihm wichtig.

Ein Transporter fuhr dem Haus vor, auf der Seite das Bild eines Kabels, das aus einer Wand ragte. Na, endlich. Aber er war nicht mehr sauer, er wusste, dass er die Zeit für sich gebraucht hatte.

Allerdings dauerte es noch eine ganze Zeit, bis der Herd angeschlossen war, weil ein Teil fehlte, das der Vormieter wohl versehentlich mitgenommen hatte. Der Elektriker musste erst das Teil besorgen.

Der Schnellste war er auch nicht und so kam Markus erst nach eineinhalb Stunden wieder in die Polizeidienststelle zurück.

Keine Helena. Die Akte zu dem Unfall Schröder lag ungeöffnet auf ihrem Tisch.

„Jochen! Hast du Helena gesehen?"

Der Angesprochene, ein junger Mann mit roten Wangen und einer Nickelbrille, schaute zur Tür herein.

„Ach, Markus, du bist wieder da. Helena ist vor vielleicht einer Stunde weggefahren."

Markus biss sich auf die Unterlippe. „Hat sie Orlund mitgenommen?"

„Glaub ich nicht. Orlund ist bei einem Außentermin. Das dauert noch bis etwa um vier, hat er gemeint."

Mist, dran hatte er nicht gedacht. „Ach ja. Ist jemand anders mitgefahren?"

„Nein, ich dachte, sie geht zu Tisch. Schließlich war es um die Mittagszeit. Ach, sie war nochmal kurz da, vielleicht drei Minuten. Ich dachte, sie hätte vielleicht etwas vergessen."

„Ja, das kann sein. Danke, Jochen."

Der nickte und verschwand aus Markus´ Dienstzimmer.

Er nahm das Handy und rief Helena an. Vielleicht war sie nach Hause gefahren, weil etwas mit ihrem Vater nicht stimmte.

Es klingelte eine ganze Zeitlang, dann sprang die Mailbox an.

In Markus Kopf rotierte es. Sie war allein, also war sie nicht dienstlich unterwegs. Oder doch? Er hatte ein ungutes Bauchgefühl. Über Mittag war sie weg gewesen, aber nochmal wiedergekommen. Warum? Hatte sie wirklich etwas vergessen? Normalerweise hatte sie alles, was man für jeden erdenklich Notfall brauchen könnte in ihrer Umhängetasche.

Andererseits ging an ihrem Handy nur die Mailbox dran. Das war schon sehr ungewöhnlich.

Markus, reg dich nicht auf, versuchte er sich zu beruhigen. Sie ist aus der Mittagspause gekommen und hat nachgesehen, ob du schon wieder da bist. Und dann ist sie... Ja, was war dann gewesen?

Sie hatte den Fall Schröder auf dem Tisch. Er warf einen Blick darauf. Die Mappe lag seitlich auf dem Tisch. Eher so, als hätte jemand sie daraufgelegt, als dass Helena sie sich angesehen hätte.

Aber was könnte sie dazu gebracht haben, gleich wieder wegzufahren. Und wohin?

Kapitel 27

Helena war enttäuscht, als sie feststellte, dass Nils nicht gekommen war. Jedenfalls stand sein Auto nicht auf dem Parkplatz. Er hatte ihre Nachricht wohl noch nicht abgehört. Sollte sie warten oder alleine in die Gärtnerei gehen? Oder in die Polizeidienststelle zurückfahren? Vielleicht war das hier wirklich keine gute Idee.

Ach was, es ging doch nur um eine Befragung. Und Peter Herscheid war doch beim letzten Mal sehr nett gewesen. Wenn sie dann zurückkam, konnte sie Markus sagen, was sie herausgefunden hatte. Beflügelt von diesem Gedanken, stieß sie die Autotür auf und trat auf den Parkplatz. Es war heute sehr kalt und ein eisiger Wind fegte das Laub in die Hecke, die den Parkplatz säumte. Sie eilte zur Ladentür und war froh, als das Bimmeln sie eintreten ließ.

Peter Herscheid kam in den Laden. „Ach, Frau Kommissarin, guten Tag. Sind sie heute allein? Dann sind sie wohl privat hier. Möchten Sie noch einen Weihnachtsstern? Ich habe heute Morgen alle um die Hälfte reduziert."

„Guten Tag, Herr Herscheid. Nein, mein Kollege ist aufgehalten worden, er kommt aber gleich nach. Ich bin dienstlich hier. Es haben sich noch einige Fragen ergeben."

„Oh, dann ist es vielleicht besser, wenn wir ins Büro gehen. Kommen Sie!"

„Aber mein Kollege…"

„Es ist nur hier auf dem Flur, eine Tür weiter." Sie gingen durch den Verkaufsraum hinter die Theke durch eine Tür in den Vorbereitungsraum, wo Kränze und Sträuße und Grabgestecke gebunden wurden. Hier führte eine Tür in einen Flur und einen Raum weiter war ein Büro eingerichtet.

„Ich lasse die Türen immer offenstehen, dann höre ich die Türglocke."

Mit diesen Worten zog er ihr aus einem anderen Raum einen Stuhl mit Rollen vor den Schreibtisch. „Ich habe gerade Kaffee aufgesetzt. Möchten Sie auch eine Tasse? Es ist so kalt draußen."

„Ja, einen Kaffee nehme ich gerne. Schwarz bitte."

„Einen Moment."

Er ging hinaus und Helena sah sich in dem Raum um. Es war eigentlich ein Kämmerchen, mehr als der Schreibtisch mit Stuhl und ein Regal mit Aktenordnern passte nicht hinein. Mit ihrem Stuhl ließ sich die Tür nicht mehr schließen. Falls Nils noch käme, würde er stehen müssen. Aber so lange sollte diese Befragung nicht dauern. Durfte sie überhaupt den Kaffee annehmen? Ach, egal, nach dem Essen hatte sie keine Zeit mehr gehabt, eine Tasse Kaffee zu trinken und sie spürte, dass sie jetzt etwas brauchte. Wenn sie sich mit dem Stuhl bis in die Türöffnung zurückzog, war der Abstand sicherlich eingehalten.

Peter Herscheid kam mit zwei Tassen Kaffee zurück. „So, Vorsicht, er ist sehr stark." Er lachte. „Ich trinke ihn mit viel Milch und Zucker, da muss er stark sein, sonst schmecke ich keinen Kaffee mehr."

Helena stimmte in sein Lachen ein. Sie probierte den Kaffee. Er war entsetzlich bitter. Aber sie wollte nicht unhöflich sein und trank noch einen kleinen Schluck. Austrinken würde sie ihn nicht, sie entschied, dass so viel Höflichkeit nicht notwendig war.

„Herr Herscheid, bei unserem letzten Besuch haben Sie uns verschwiegen, dass sie der Sohn von Roland von Rothenstein sind. Warum?"

Peter Herscheid hob die Schultern. „Sie haben mich nicht danach gefragt."

„Aber Sie wussten, dass er ihr Vater war?"

„Ja, schon, aber weil er mich nicht als Sohn anerkannt hat, war das nie ein Thema. Für ihn war ich der Sohn seiner Haushälterin und für mich war er der Arbeitgeber meiner Mutter."

„Aber war das nicht bitter für Sie? Sie sind doch in dem Haus aufgewachsen. Die anderen hatten alles und Sie waren nur der arme Angestellte, obwohl Sie doch auch der Sohn sein sollten?"

„Nein. Die anderen waren groß. An Andreas kann ich mich aus meiner Kindheit gar nicht erinnern, er war schon zum Studium weg, Nicole war erwachsen und kümmerte sich um Dirk. Aber der ist schließlich auch fast zehn Jahre älter als ich. Als Kind wusste ich auch nicht, wer mein Vater war. Das hat mir meine Mutter erst gesagt, als ich mit fünfzehn oder sechzehn danach gefragt hatte."

Helena nickte. „Ach so. Aber sie haben sich um die Gärten des Wasserschlosses gekümmert?"

„Als Gärtnerei hatten wir den Auftrag. Und da ich der einzige festangestellte Gärtner mit einer Vollzeitstelle bin, gehörte das zu meinen Aufgaben."

„Gut, aber ich kann mir vorstellen, dass es schwierig ist, mit dem Auftraggeber zu verhandeln, wenn man weiß, dass es der eigene Vater ist, der einen nicht als Sohn will."

Das waren harte Worte, aber Helena wollte ihn aus der Reserve locken.

„Ich kannte es ja nicht anders. Herr von Rothenstein war immer nett zu mir. Ich kannte es nicht anders, als nur mit meiner Mutter zusammen zu sein. Ehrlich gesagt" -hier lächelte er sie an, „ich habe immer gedacht, wenn ein Vater bei uns gewesen wäre, hätte er mich und meine Mutter gestört."

„Nun, aber für Ihre Mutter wäre es mit Vater doch einfacher gewesen, oder?"

Er lehnte sich in dem Schreibtischstuhl zurück und verschränkte die Arme. „Ich glaube, Sie romantisieren das Ganze. Ein Vater hätte meine Mutter unterstützt, indem er arbeiten gegangen wäre, und Sie

hätte den Haushalt gemacht und sich um mich gekümmert. Meine Mutter und ich wohnten bei Herrn
von Rothenstein. Zwar in einer eigenen Wohnung,
aber wenn meine Mutter im Haupthaus war, war ich
auch drüben. Und sie hat dort den Haushalt gemacht. Herr von Rothenstein war der nette Arbeitgeber, der aber fast immer in seiner Firma war. Ich
habe ihn höchstens mal an den Wochenenden gesehen."

„Na gut, lassen wir das erstmal so stehen. Sie haben
ausgesagt, dass Sie um halb elf an Heiligabend zu
Ihrer Mutter kamen."

Peter Herscheid stöhnte. „Das hatten wir doch
schon. Sie können noch so oft fragen, es ändert sich
nicht."

„Oh, das glaube ich aber doch. Es stimmt nämlich
nicht."

„Ihr Kaffee wird kalt, trinken Sie!" Er beugte sich vor
und legte seine Arme auf die Schreibtischplatte.

„Was?" Helena, von dem plötzlichen Themenwech-
sel überrumpelt, führte ihre Tasse an den Mund und
nahm noch einen Schluck. Er schmeckte noch genauso schrecklich, wie sie ihn in Erinnerung hatte.

„Ja, also wann waren Sie wirklich bei Ihrer Mutter?"

„Meine Mutter hat Ihnen doch bestätigt, wann ich da
war. Ich weiß wirklich nicht, was das soll." Er warf
sich in den Stuhl zurück.

Helena wollte sich aufrechter hinsetzen, ihr Fuß war eingeschlafen, aber das funktionierte irgendwie nicht. „Ihre Mutter ist erst um halb elf in ihre Wohnung gekommen und Sie waren schon da. Sie haben ihr gesagt, dass Sie gerade erst gekommen sind, aber Ihre Mutter hat nicht gesehen, wann Sie angekommen sind. Es hat ab zehn Uhr geschneit. Um Viertel nach zehn hatten wir eine geschlossene Schneedecke. Wenn Sie um halb elf im Wasserschlösschen angekommen wären, hätten wir Ihre Fußabdrücke im Schnee finden müssen. Da waren aber keine. Sie können nicht nach etwa zehn nach zehn dort gewesen sein. Also haben Sie gelogen."

Helena wurde schlecht. „Entschuldigung, ich muss mal – Toilette!" Sie wollte aufspringen, aber ihr Körper bewegte sich kaum.

„Oh, ist Ihnen schlecht? Ich hole – oh, zu spät!"

In einem Schwall erbrach Helena sich auf den Boden.

Peter Herscheid drückte sich an ihr vorbei und stieg mit einem großen Schritt über das Erbrochene. „Ich hole mal schnell was zum Aufwischen."

„Wissen Sie", er sprach in einem ruhigen Erzählton weiter, während er mit einem Aufnehmer ihr Erbrochenes in einem Eimer entsorgte, „das sind halt die Nebenwirkungen. Ihr Körper wehrt sich gegen das Gift. Aber es ist zu spät, wenn er es merkt. Gleich werden nach und nach ihre Muskeln versagen. Sie spüren es schon, stimmt´s?"

Helena fiel das Sprechen schwer, aber sie wusste nicht, ob es von dem Gift oder ihrem Entsetzten über das Gehörte kam.

„Ich glaube, wir legen Sie lieber hin, sonst kippen Sie mir gleich vom Stuhl."
Mit diesen Worten rollte den Stuhl in einen Nebenraum, in dem ein kleines Sofa stand, auf das er sie legte. Dann setzte er sich auf den Stuhl, schob sich neben ihren Kopf und begann wie der Vater, der seiner Tochter eine Gute-Nacht-Geschichte erzählen will.

„Wissen Sie, die Sache war so…"

Kapitel 28

Heiligabend

Peter Herscheid fuhr zum Haus seiner Mutter. Er musste mit dem alten Mann reden, auch wenn der heute das Haus voll Besuch hatte, von seiner nichtsnutzigen Verwandtschaft. Aber der Vertag mit Herrn Terklothe sollte Anfang des Jahres unter Dach und Fach kommen und dazu brauchte er das Geld.

Vermutlich hatte er sich jetzt schon so über seine Kinder geärgert, dass es ihm eine Wohltat war, wenn wenigstens einer seiner Söhne etwas auf die Beine stellte. Auch wenn es nur der uneheliche Sohn war. Aber wenn er stolz auf ihn war, dann würde er ihn vielleicht doch noch anerkennen, wer weiß? Peter Herscheid war jedenfalls in Hochstimmung, als er in der Wohnung seiner Mutter ankam.

Er stellte das Weihnachtsgesteck, dass er für seine Mutter gemacht hatte, auf den Tisch im Wohnzimmer, zog seine Jacke aus und ging durch die Verbindungstür ins Haupthaus hinüber. Er wollte sehen, wie weit die familiäre Feier gekommen war und ob er seinen Vater alleine abpassen konnte. Aus dem kleinen Wohnzimmer im ersten Stock drangen Laute. Er legte sein Ohr an die Tür, um besser verstehen zu können, was gesprochen wurde. Aber er hörte nur die Stimmen, die nicht sehr freundlich klangen. Vermutlich hackten sie wieder auf Dirk, dem Looser herum. Irgendwann hörte er die klare Stimme seines Vaters, dass er jetzt in sein

Arbeitszimmer hinüber gehe und allen eine Gute Nacht wünsche. Schnell zog sich Peter in eine Wandnische zurück. Das war die Gelegenheit, auf die er gewartet hatte. Als die Tür aufging, sagte Herr von Rothenstein in den Raum gewandt: „Ach, Frau Herscheid, bringen Sie mir doch bitte noch einen Brandy, ja?"

Mist, nun musste er hier noch warten, bis seine Mutter den Brandy gebracht hatte.

Als er von seinem Beobachtungsposten erspähte, dass sie das Arbeitszimmer wieder verlassen hatte, ging er auf die Türe zu und klopfte. Es kam keine Antwort, aber er trat trotzdem ein.

„Kann ich Sie einen Moment sprechen?" Peter trat einen vorsichtigen Schritt weiter, blieb aber stehen.

Roland von Rothenstein sah auf. „Was ist so wichtig, dass es nicht bis nach Weihnachten Zeit hat?"

Unruhig trat Peter von einem Bein aufs andere. Jetzt nur keinen Fehler machen. „Nun, es ist wichtig. Die Gärtnerei soll Anfang des Jahres verkauft werden und ich möchte sie gern übernehmen."

Die Antwort kam barsch. „Ja. Und was habe ich damit zu tun?"

Peter atmete tief durch. „Ich wollte fragen, ob du mir das Geld dazu gibst, Vater."

Er hatte bewusst auf das „du" und die Anrede „Vater" umgeschwenkt, um seine Berechtigung für diese Forderung herauszustellen.

Herr von Rothenstein schnaubte verächtlich. „Ich habe dich nie als Sohn anerkannt, wieso sollte ich dir jetzt Geld geben?"

Peter biss sich kurz auf die Lippen. „Nun, es könnte ja sein, dass es dich freut, wenn wenigstens einer deiner Söhne etwas auf die Beine stellt."

Hoffentlich war er jetzt nicht eine Spur zu weit gegangen.

„Duz mich gefälligst nicht. Wenn du glaubst, dass es mich stolz macht, dass ich dir eine Gärtnerei kaufen darf, dann irrst du gewaltig. Wieso sollte mich das stolz machen? Ich habe eine große Firma aufgebaut. Niemand hat sie mir gekauft und gesagt, führ sie doch einfach. Das ist nicht einfach.

Und deshalb bekommst du auch kein Geld von mir. Bau dir selber was auf."

Jetzt sah Peter seine Felle davonschwimmen. „Aber dann gewähren Sie mir ein Darlehen. Ich kann die Firma führen, ich habe Ideen, ich habe Pläne."

„Prima. Bring sie zu Papier und dann mach einen Termin bei deiner Bank, Das ist ihr Geschäft, nicht meins."

„Das habe ich versucht. Ich habe aber kein BWL-Studium und kann das nicht so formulieren, wie die das wollen. Die glauben nicht, dass ich das kann. Und ich habe zu wenig Eigenkapital. Wie hätte ich denn von meinem Gärtnergehalt so viel ansparen sollen?"

Roland von Rothenstein sah ihn mit hochgezogenen Augenbrauen an. „Und wenn die Bank, deren Kompetenz es ist, Geschäftsideen einzuschätzen, und zu entscheiden, wer ein Darlehen zurückzahlen kann, dir kein Geld gibt, wieso glaubst du denn dann, dass ich das tun würde?"

Mit diesen Worten drehte er sich wieder zu seinem Schreibtisch um. Er zeigte Peter die Rückenansicht und was diese Geste bedeutete war klar: Das Gespräch war hiermit beendet. Aber Peter sah jetzt rot. Mit drei großen Schritten war er beim Schreibtisch, schnappte sich den Brieföffner, der neben dem Locher und anderen Schreibtischutensilien lag und stach zu. Kräftig und mit nur einem Stoß. Jetzt ging es ihm besser, auch wenn er das Geld nicht bekommen hatte. Langsam verließ er das Arbeitszimmer. Ungesehen ging er in die Wohnung seiner Mutter, wo er sich im Wohnzimmer einen Brandy nahm und wartete.

Kapitel 29

Gegenwart

Helena konnte jetzt wirklich nicht mehr sprechen.
Ihr war immer noch schlecht, ob von dem Gift oder
ihrer Angst, konnte sie nicht ausmachen. Peter Herscheid sprach weiter. „Nun hatte ich immer noch
kein Geld. Aber ich dachte mir, wenn ich die anderen Kinder aus dem Weg räume, könnte ich meinen
Anspruch auf das Erbe geltend machen. Also habe
ich mit Dirk angefangen. Er war so ein Schmarotzer,
da war es nicht schade drum. Jetzt wollte ich die anderen vergiften, aber das Gift habe ich nun für Sie
gebraucht." Er betrachtete sie interessiert, wie man
ein Versuchsobjekt betrachtet.

„Nun, das ist nicht so schlimm", schien er sie trösten
zu wollen, „ich mache einfach etwas Neues, ich habe
noch genug giftige Pflanzen."

Dir Türglocke bimmelte. „Oh, ich glaube, ihr Kollege
kommt."

Er verließ den Raum, und Helena konnte hören, wie
er die Person freundlich begrüßte. Es war Nils, sie
erkannte die Stimme. Sie versuchte zu schreien, aber
ihre Halsmuskeln gehorchten ihr nicht mehr. Sie
hörte, wie Peter Herscheid ihm freundlich versi-
cherte, dass sie zwar hier gewesen sei, aber schon
wieder gegangen war.

Nils wandte ein, dass ihr Auto noch auf dem Parkplatz stehe.

Peter Herscheid meinte, vielleicht sei sie noch zum Wohnhaus gegangen, um sich seine Angaben bestätigen zu lassen, oder sie schaue in der Gärtnerei schon mal nach neuen Stauden fürs Frühjahr. Wieder die Türglocke. Helenas Herz rutschte ins Bodenlose, als sie erkannte, dass Nils ging, ohne sie bemerkt zu haben.

Peter Herscheid kam wieder ins Zimmer. „Ich habe tatsächlich vergessen, dein Auto verschwinden zu lassen. Besser, ich fahre es hinter das Haus, dann glaubt er, ihr hättet euch verpasst. Übrigens ist das gar kein Kollege von dir. Du hast gelogen. Es ist ein Pastor, der dich gesucht hat."

Er griff in ihre Hosentasche und zog den Autoschlüssel heraus. „Bis gleich!" Und er verschwand.

Markus hatte sich entschlossen, nun doch zu Herrn Schröder zu fahren. Vielleicht hatte Helena beim Lesen der Akte etwas bemerkt und sie beim Gehen auf dem Schreibtisch abgelegt. Vielleicht war ihr etwas aufgefallen, was sie mit Herrn Schröder klären musste. Sie hätte nicht alleine fahren sollen und sie hätte ihr Handy eingeschaltet lassen sollen, aber das war jetzt zweitrangig. Erstmal wollte Markus sie wiederfinden.

Aber Herr Schröder hatte noch nie von einer Helena Besseling gehört. Er hatte auch nicht gewusst, dass sein Fall wieder aufgenommen wurde. Markus´ Suche nach Helena verlief hier im Sande.

Nils lief an der Seite des Gärtnerhauses entlang zum Wohnhaus. Er klingelte. Nichts. Er klopfte. Wieder passierte nichts. Helena war wohl nicht da, sonst wäre sicher schon jemand zur Tür gekommen.

Endlich hörte er schlurfende Schritte. Ein alter Mann in Kordhosen mit Hosenträgern über einem zerknitterten, karierten Hemd öffnete die Tür. „Ja, bitte?" Er blinzelte Nils an. Vermutlich hatte der ihn aus seinem Mittagsschlaf gerissen.

„Entschuldigung, aber ich suche Helena Besseling." Nils bemühte sich langsam und deutlich zu sprechen. Er erntete aber nur einen verständnislosen Blick.

„Helena Besseling, die Polizistin!" Kein Wiederkennen war in den Zügen des alten Mannes zu sehen. „Kenn ich nich", murmelte er, „hier is keiner!"

Er schloss die Türe wieder.

Nils wurde es flau im Bauch. Wo war Helena? Sie hatte ihn doch extra angerufen und hierher bestellt. Na gut, sein Telefon war ausgestellt gewesen, weil er mit dem Pastor im Meeting gewesen war. Aber war sie einfach wieder weggefahren? Nein, ihr Auto stand doch noch auf dem Parkplatz. Vielleicht war sie wirklich auf dem Gelände unterwegs, um sich schon mal zu überlegen, was sie im Frühjahr pflanzen wollte. Aber jetzt, Ende Dezember gab es hier

nichts zu sehen. Nein, diese Gedanken verschlim-
merten sein Bauchgefühl nur.

„Bitte, Herr, lass mich sie finden."

Im Eiltempo ging er über die Hauptwege zwischen
den Glashäusern. Die Beete, die im Frühjahr und
Sommer mit Blumen bepflanzt sein würden, konnte
er gut überblicken, da war niemand.

Er rief ihren Namen und hörte, wie weit seine
Stimme trug, aber keine Antwort war zu vernehmen.
Nein, sie war ganz sicher nicht hier.

Helena hörte Nils rufen und konnte nicht antworten.
Sie hatte starke Schmerzen und Bauchkrämpfe. Obwohl sie keinen Muskel bewegen konnte, spürte sie,
dass sie Durchfall hatte und auch die Übelkeit war
trotz Erbrechen nicht vergangen. Ganz m Gegenteil,
seit Peter Herscheid gegangen war, um das Auto
wegzufahren, hatte sie sich schon zweimal wieder
erbrochen.

Hoffentlich ließ Nils sich nicht von seiner Suche
dadurch abbringen, dass ihr Auto verschwunden
war. Nicht auszudenken, wenn er sie im Präsidium
suchen fahren würde. Nein, er musste Hilfe holen
und das schnell, bevor die Lähmung ihre Atmung
erreichte.

Kapitel 30

Nanu, das Auto war weg. Nils überlegte kurz, ob er Helena verpasst haben könnte. Aber nein, sie hätte an ihm vorbeilaufen müssen. Vielleicht in der Zeit, als mit dem Gärtnerei-Besitzer gesprochen hatte?

Auch nicht, er hatte ja nur in der Tür gestanden. Auch sein Bauchgefühl schrie: Nein, da stimmt was nicht!

Er nahm sein Handy aus der Tasche und wählte Markus´ Nummer.

Markus saß in seinem Wagen und war unentschlossen, wo er hinfahren sollte. Zurück ins Präsidium? Zum Wasserschlösschen? Oder zur Gärtnerei? Der Anruf von Nils riss ihn aus seinen Überlegungen.

„Markus, irgendwas stimmt hier nicht. Helena ist nicht da. Ich sollte sie hier treffen, aber jetzt ist auch ihr Auto weg." Nils war sehr aufgeregt, wie Markus feststellte.

„Nils, ich verstehe kein Wort. Ich suche Helena auch, weißt du, wo sie ist?"

„Nein, eben nicht. Sie hat mich zur Gärtnerei Terklothe bestellt. Allerdings nur per Sprachnachricht, weil ich mein Telefon nicht angestellt hatte. Jetzt bin ich hier und der Gärtner sagte, sie wäre schon wieder weg. Aber ihr Auto war noch da, also habe ich das Gelände abgesucht und mit dem Inhaber gesprochen. Jetzt ist das Auto weg, aber von Helena keine Spur. Markus, ich habe ein ganz schlechtes Gefühl."

„Ich bin gleich bei dir."

Markus schaltete das Blaulicht und die Sirene ein und raste zur Gärtnerei Terklothe.

Der Kies unter seinen Reifen spritzte, als er neben Nils` Wagen anhielt.

Er sprang aus dem Auto und rannte auf Nils zu, der immer noch unschlüssig auf dem leeren Parkplatz stand.

„Mit wem hast du gesprochen?"

„Mit dem Mann in der Gärtnerei. Der sagte auch, dass Helena da gewesen wäre, aber inzwischen weggefahren sei."

„Ok, das war Peter Herscheid. Und der ist unser Hauptverdächtiger."

„Ach, seit wann das?" Nils war überrascht von der Wendung der Geschehnisse.

„Seit 30 Sekunden. Zumindest bei mir. Helena hatte ihn offensichtlich schon länger in Verdacht."

Er stürmte auf den Eingang der Gärtnerei zu, Nils hinterher. Die Türglocke konnte gar nicht so schnell bimmeln, wie Markus hinter der Verkaufstheke war. In dem Flur rief er so laut, wie er konnte: „Helena?"

Peter Herscheid kam ihm aus einem der angrenzenden Räume entgegen. „Sie können nicht einfach…"

„Doch, kann ich. Sie sind festgenommen. Als Verdächtiger im Mordfall Roland von Rothenstein. Zunächst erstmal. Wir sehen dann, was noch alles dazu kommt." Bei diesen Worten klickten die Handschellen an Peter Herscheids Gelenken.

„Hier, halt mal!" Er drückte dem Verdutzten Nils den Verdächtigen in die Hände. „Gut drauf aufpassen, ich bin gleich wieder da!" Er eilte den Gang hinunter in den Raum, aus dem Peter Herscheid gerade gekommen war.

Und da lag Helena. Sie atmete nur noch ganz flach, Erbrochenes lag auf der Couch, auf der sie lag und es stank erbärmlich. Markus griff nach seinem Handy und wählte den Notruf. „Einen Rettungswagen. Das sieht nach Vergiftung aus, schnell, sie atmet kaum noch."

Er ergriff Helenas Hand, die sich erschreckend kalt anfühlte, aber er konnte noch einen Puls ausmachen. „Es wird alles gut, wir haben dich gefunden. Halte durch, bis der Notarzt hier ist, ja?"

Ihr Augenlider flatterten, mehr war nicht von ihr zu sehen.

Markus stürzte wieder aus dem Raum auf den Gang, wo Peter Herscheid auf Nils einredete, der stoisch auf einen Punkt starrte und keine Antwort gab. „…dürfen Sie gar nicht…kein

Durchsuchungsbeschluss…Polizeigewalt." Das waren die Bruchstücke, die Markus mitbekam. Er zückte wieder das Handy und rief das Polizeirevier an, um Verstärkung anzufordern.

„Und jetzt zu Ihnen!" Grob riss er Peter Herscheid am Arm, so dass dieser zu ihm umgedreht wurde. „Ich verhafte Sie, wegen Mordes an Roland von Rothenstein und Dirk von Rothenstein und wegen versuchten Mordes an Helena Besseling. Sie haben das Recht zu schweigen. Alles, was Sie sagen, kann vor Gericht gegen Sie verwendet werden. Sie haben das Recht auf einen Anwalt. Sollten Sie sich keinen leisten können, stellt Ihnen das Gericht einen zur Verfügung."

Während sie den sich heftig wehrenden Peter Herscheid nach draußen brachten, hörten sie bereits das Martinshorn des ankommenden Krankenwagen mit Arztwagen.

„Geh du mit und zeig ihnen, wo Helena liegt", wies er Nils an, der auf den Notarzt zueilte.

„Und für Sie habe ich eine gute Nachricht", wandte er sich an Peter Herscheid, „Sie haben viel Geld gespart, denn Sie werden die Gärtnerei nicht zu kaufen brauchen. Wo Sie hingehen ist die Gärtnerarbeit kostenlos."

Bald traf auch die Polizeiverstärkung ein und Peter Herscheid wurde abgeführt.

Markus eilte zu seiner Kollegin. „Wie geht es ihr?"

Der Notarzt sah zu ihm auf. „Es war knapp, noch zehn Minuten und sie wäre tot gewesen. Gut, dass Sie bei Ihrem Notruf von Vergiftung gesprochen haben, wir haben ihr gleich etwas gegeben. Aber jetzt müssen wir sie erstmal ins Krankenhaus mitnehmen."

Auf einer Rollbahre wurde sie den schmalen Flur hinuntergeschoben und in den Krankenwagen verfrachtet.

Kapitel 31

Mit Tränen in den Augen starrte Markus den Brief an, den er in Händen hielt. Der Antrag von Susanne, ihm das Umgangsrecht zu entziehen, war abgelehnt. Der Brief enthielt sogar den Passus, dass Frau Susanne Pahl ihre Wohlverhaltenspflicht vernachlässige, wenn sie den Kindern angst vor dem Umgang mit dem Vater einrede (§ 1684 Abs. 2 BGB). Sie hätte den Kindern den Aufenthalt bei Vater sogar aktiv zu fördern. Sollte sie gegen diese Pflichten verstoßen, behalte sich das Gericht vor, das Aufenthaltsbestimmungsrecht der Kinder neu zu verhandeln.

Er durfte seine Kinder wieder regelmäßig bei sich haben, sie am Wochenende bei sich wohnen lassen und auch etwas mit ihnen unternehmen. Mit dem Handrücken fuhr er sich über die Augen und dankte Gott von ganzem Herzen für diese Entscheidung.

Die Festnahme von Peter Herscheid war jetzt vierundzwanzig Stunden her, und Helena sollte entlassen werden. Er wollte sie aus dem Krankenhaus abholen.

Wegen der Corona-Pandemie waren Krankenhausbesuche nicht erlaubt, Helena hatte vermutlich die einsamsten vierundzwanzig Stunden ihres Lebens hinter sich. Zwar hatten sie miteinander telefoniert, aber das war ja nicht das Gleiche, wie der persönliche Kontakt. Markus grinste. Wenn sie ihn schon dreimal angerufen hatte, wollte er nicht wissen, wie oft sie mit Nils gesprochen hatte. Naja, enger

Kontakt zu einem christlichen Pastor konnte ihr nur guttun.

Helenas Vater hatte mit Harro in einer Kurzpflege-Einrichtung Einzug gehalten und es gefiel ihm dort ausnehmend gut. Eigentlich sollte er heute schon wieder zu Hause sein, aber er hatte sich noch einen weiteren Tag bei seinen neuen Freunden erbeten, Jetzt hatte er schon versprochen, sie regelmäßig zu besuchen. Markus kicherte bei dem Gedanken. Da alle an Demenz litten, würden sowohl seine neuen Freunde wie auch er selber dieses Versprechen vermutlich vergessen. Was ihnen Enttäuschungen ersparte.

Auf dem Weg zum Krankenhaus stellte Markus fest, dass es ihm jetzt rundum gut ging. Der Fall war gelöst, Helena, die die Aufklärung beinahe mit ihrem Leben bezahlt hatte, war wieder gesund, er bekam seine Kinder wieder und seine Wohnung würde er jetzt auch einrichten. Er hatte schon ein Kinderzimmer bestellt, worauf er sich am meisten freute.

Helena stand schon vor dem Eingang, ihre Tasche neben sich. Markus hielt den Wagen an und wollte ihre Tasche nehmen, aber Helena hatte bereits die hintere Tür aufgerissen, die Tasche hineingeworfen und war schon dabei, die Beifahrertür auszureißen.

„Hey, hey!", meinte Markus. „Warum so eilig? Ich schaffe es gar nicht, meine gute Erziehung zu zeigen."

„Ich will bloß noch weg." Helena warf sich in den Sitz und schnallte sich an, während Markus den Wagen wieder umrundete und auf dem Fahrersitz Platz nahm.

„Meine Güte, was ist denn passiert? Was haben die mit dir gemacht?" Markus unterdrückte ein Schmunzeln, denn so schlimm konnte ein Krankenhausaufenthalt ja wohl nicht sein.

„Entscheidend ist, was nicht passiert ist. Kein Besuch, Keine Abwechslung, kein Garnichts. Mir war so langweilig! Und dann behaupten die noch, ich wäre nur einen Tag da gewesen. Das muss doch mindestens ein Monat gewesen sein."
Jetzt gluckste Markus vor Lachen. Untätigkeit lag seiner Kollegin nicht. Die Ärmste hatte sich tödlich gelangweilt. „Wie lange bist du denn noch krankgeschrieben?"

„Was? Überhaupt nicht. Wegen was denn? Das Gift ist raus, die Organe haben sich erholt, Folgen sind nicht zu befürchten. Weswegen, bitte schön, sollte ich noch länger zu Hause bleiben?"

„Gut, dann also direkt ins Präsidium?" Markus´ Stimme triefte vor Sarkasmus.

Helena blieb einen Moment still. „Nein, ich möchte mich erst umziehen und die Tasche loswerden."

„Vielleicht möchtest du auch noch eine Maschine Wäsche waschen, Einkaufen gehen und im Haus Ordnung machen?"

Helena biss sich auf die Unterlippe. „Ähm – das kann ich heute Abend erledigen."

„Das kommt nicht in Frage. Heute bist du auf jeden Fall noch krankgeschrieben. Mach deine Sachen, aber mach sie langsam. Du solltest es nicht übertreiben mit der Arbeit, Du bist fast gestorben. Ich staune, dass sie nicht länger dabehalten haben."

Helena spielte mit ihren langen Haaren. Sie würde ihm nicht erzählen, dass sie sich selber entlassen hatte. „Ich habe Euch alle so vermisst. Ich will wieder auf die Dienststelle."

Markus lächelte. „Morgen. Wir haben dich auch vermisst. Aber der Fall ist gelöst, Du machst heute noch Pause und morgen starten wir neu durch, ok?"

Helena schwieg. „Wie geht´s denn meinem Vater im Heim?"

„Erstaunlich gut. Er hat sich mit einigen Männern angefreundet. Leder sind alle mehr oder weniger dement und erzählen sich jeden Tag das Gleiche."

Helena kicherte. „Naja, solange sie sich dabei wohlfühlen."

Markus nickte. „Falls Du Deinen Vater irgendwann mal ins ein Heim geben musst, wird es wohl nicht so schlimm für ihn. Schlimm wird es nur für die Küchenmitarbeiter. Dein Vater beschwert sich bei jeder Malzeit, dass es so fade war und sie morgen unbedingt mehr Zwiebeln nehmen müssten. Inzwischen stellen sie ihm ein Schälchen mit einer gehackten

Zwiebel auf den Tisch, an dem er sich bedienen kann. Nur, falls er nicht mehr zufrieden ist, wenn er wieder nach Hause kommt."

Helena lachte. „Danke, dann weiß ich ja jetzt, was ich zu tun habe. Aber es würde mich wundern, wenn er sich in ein paar Tagen noch daran erinnert."

„Ach, mach ihn nicht zu schlecht. Immerhin hat sein Gedächtnis gereicht, um unseren Fall zu knacken. Wenn er sich nicht an den Schnee an Heiligabend erinnert hätte, hätten wir nicht gemerkt, dass Herscheid bei seinem Alibi gelogen hat."

Gemütlich lehnte Helena sich in den Sitz zurück. „Das stimmt."

Markus fuhr sie nach Hause und dort angekommen, war sie auch schon fast eingeschlafen.

Kapitel 32

Das Dienst-Besprechungszimmer war nicht wider zu erkennen. Eine Girlande in bunten Metallic-Buchstaben verkündete „Willkommen", Der Tisch war für drei Personen gedeckt, Girlanden und Luftballons lagen und hingen in den Ecken. Es gab Brötchen, Marmelade, eine Auswahl an Wurst und Käse, Eier Joghurt, Obst, Müsli, Orangensaft in kleinen Gläsern und natürlich eine große Kanne Kaffee.

Helena machte große Augen. „Für mich?"

Markus schmunzelte. „Ich hatte den Eindruck, dass du die Dienstbesprechungen gern in Form eines Kaffeetrinkens abhältst. Und da heute Dein erster Tag ist…"

Helena jauchzte und trat näher an den Tisch, um sich alles anzusehen. „Und wieso drei Gedecke?"

„Weil wir diesen Fall zu dritt gelöst haben. Setz dich!"

„Guten Morgen!" Nils kam herein und rieb sich die Hände. „Oh, ich glaube wirklich, Kommissar wäre ein schöner Beruf für mich gewesen. So gemütliche Besprechungen gibt es bei uns nie."

Helena strahlte und Markus meinte: „Das kann auch anders aussehen. Frag mal Helena, die hat eine Woche gebraucht, um sich von der Aufklärung des Mordes zu erholen."

„Ok, überredet, ich bleibe Pastor. Können wir anfangen?"

„Fang an zu beten, Pastor!"

Und das tat er auch. Danach bedienten sie sich beim Frühstück und erst bei der letzten Tasse Kaffee kamen sie auf das Dienstliche zu sprechen.

„Was wird denn jetzt aus dem Wasserschlösschen?"

„Naja, erben werden es Nicole und Andreas. Aber Andreas wird dort einziehen, denn sein Haus in Ascheberg ist so hoch verschuldet, dass er es nicht mehr abbezahlen kann. Er hat sich entschlossen, seine Finanzberatung aufzugeben und in die Firma seines Vaters einzusteigen."

Helena unterbrach. „Eigentlich ist es jetzt seine Firma und die seiner Schwester. Sie haben sie zu gleichen Teilen geerbt."

Markus nickte. „Stimmt. Anfang des Jahres wird die geplante Betriebsprüfung stattfinden und wenn Gerd Wiemann Gelder unterschlagen hat, muss er sie zurückzahlen."

Nils legte seinen Kaffeelöffel zurück auf den Unterteller. „Aber das beträfe dann auch Nicole Wiemann, oder? Sie haben einen gemeinsamen Haushalt."

„Das ist noch nicht raus. Frau Wiemann steigt mit in die Firma ein. Da sie nichts gelernt hat, ist sie mehr in beratender Funktion tätig. Wohl nur ab und zu, aber sie bekommt ein Gehalt. Das hat ihr Vater kurz vor seinem Tod so festgelegt. Und ob sie bei Gerd Wiemann bleibt oder sich trennt, das steht auch noch nicht fest."

Helena nahm einen Schluck Kaffee. „Dann hat sie dieser Unglücksfall ja richtig wachgerüttelt."

„Ja" Markus stellte die Tasse, aus der er eben noch getrunken hatte, zur Seite. „Sie scheint ihr Leben richtig auf den Kopf zu stellen und spaß dabei zu haben. Wenn mich nicht alles täuscht, gibt sie ihrem Mann inzwischen mit wachsender Begeisterung Kontra."

„Hm, mal sehen, wie lange das anhält." Nils war skeptisch. „Meiner Erfahrung nach ändern sich die Menschen nicht so radikal. Aber ein bisschen Selbstbewusstsein tut ihr sicher gut. Und, wer weiß, vielleicht hilft ihr ihre Stelle in der Firma auch bei dieser Entwicklung."

Helena naschte von den Weintrauben auf dem Käseteller. „Und Marla von Rothenstein? Was sagt die zu der Sache?"

„Och, wie ich gehört habe nicht viel. Sie wird die Entwicklung zur Kenntnis genommen haben und jetzt froh sein, die Schlossherrin spielen zu dürfen."

Helena kicherte. „Das glaube ich auch. Und was macht Frau Herscheid? Bleibt sie bei den von Rothensteins?"

„Zunächst mal, ja. Sie würde zusätzlich zu ihrem Sohn auch ihre Wohnung und Arbeitsstelle verlieren und das wäre doch zu viel. Wenn sie sich nicht mit Marla von Rothenstein verträgt, kann sie sich immer noch etwas anderes suchen."

Helena steckte sich noch eine Beere in den Mund. „Aber was soll sie denn machen? Haushälterinnen werden ja nun nicht so händeringend gesucht."

Markus nahm sich auch eine Weinbeere. „Och, privat nicht, aber in Altersheimen oder anderen Einrichtungen vielleicht doch. Warten wir mal ab, wie sich das alles entwickelt."

Helena sah ihn an. „Hast du Herrn Döveling von der letzten Entwicklung erzählt? Wir haben versprochen, ihn auf dem Laufenden zu halten."

„Ja, ich habe ihn angerufen. Das müsstest du aber wissen. In deinem Wohnzimmer steht ein Kasten Pralinen und eine Genesungskarte von ihm."

Helena wurde rot. „Nachdem ich gestern die Blumen versorgt hatte, war ich so müde, dass ich ins Bett gefallen bin. Ich wollte mir die Karten morgen am Wochenende in Ruhe durchlesen."

Markus nickte. „Er war, glaube ich, stolz, dass seine Aussage, wer Peters Vater ist, ein entscheidender Hinweis war. Andererseits war er tief betroffen, was deine Vergiftung anging. Er hat immer wieder gesagt, dass der Peter so ein liebes Kind gewesen ist."

Nils mischte sich wieder ein. „Ja, was Ablehnung aus einem Menschen machen kann. Es ist so wichtig, wie wir mit anderen umgehen, und doch sind wir oft so gedankenlos dabei."

„Wissen wir eigentlich offiziell, dass Peter Herscheid auch Dirks Wagen manipuliert hat?"

„Ja, das hat er gestanden. Er wollte das Erbe. Er ging davon aus, dass er, wenn alle leiblichen Kinder tot sind, erbberechtigt ist. Er hätte auch Nicole und Andreas mit Ehepartnern umgebracht."

„Aber er hätte doch sowieso geerbt. Wenn sein Vater ihn testamentarisch enterbt hätte, hätte er zumindest den Pflichtteil bekommen."

„Ja, aber das hat er nicht gewusst. Er ist im Testament nicht erwähnt, weil sein Vater wohl auch den Rechtsanwälten gegenüber nie seinen Sohn Peter erwähnt hat, aber er hätte einen Erbersatzteil bekommen. Also keinen Anteil am Haus, der Firma oder den Grundstücken, aber einen Geldanteil in Höhe eines Viertels des Vermögens. Damit hätte er sich eine Gärtnereikette kaufen können."

„Und jetzt bekommt er nichts."

„Für die Firma ist das ein Segen, denn wenn sie so viel Geld hätten flüssig machen müssen, das hätte für den Fortbestand der Firma knapp werden können."

„Hat er gesagt, was er für Andreas und Nicole geplant hat?" Helena schaute Markus neugierig an.

„Für sie war das Gift bestimmt, das du bekommen hast. Er hatte es gerade fertiggemischt, als Du aufgetaucht bist. Sonst hätte er das gar nicht so schnell machen können."

Es wurde still im Besprechungsraum. „Wenn er mit seiner Mutter ausgegangen wäre, und die Familie mit dem vergifteten Essen zurückgelassen hätte, dann hätte man die Leute nicht schnell genug gefunden. Bei der Ankunft der Mutter wären alle tot gewesen."

„Es wäre mit Sicherheit wieder seine Mutter gewesen, die die Toten gefunden hätte."

Nils schaute die beiden an. „Und Euer Verdacht wäre auf die Mutter gefallen, weil sie das Essen zubereitet hat."

Eine Gänsehaut überlief Helena. „Schrecklich. Gut, dass ihr das alles erspart geblieben ist."

Markus erhob sich und begann, die Teller zusammen zu stellen. „So, meine Lieben, es ist Zeit, wieder etwas zu tun. Nils, Du hast sicher auch noch Arbeit zu erledigen."

„Och!" Nils schien sich im Besprechungsraum ziemlich wohl zu fühlen.

„Musst Du nicht nochmal Deine Predigt für morgen überarbeiten?" Markus schaute ihn streng an.

„Das wollte ich heute Abend machen."

„Mach, was Du willst, aber für heute ist hier Schluss. Ich muss heute eher Feierabend machen, weil ich meine Kinder übers Wochenende zu mir hole."

„Und ich auch, weil ich meinen Vater abhole."

Nils nickte. „Das hört sich doch gut an. Was hast du mit deinen beiden Zwergen vor?"

Markus grinste über das ganze Gesicht. „Heute Abend gibt es Camping auf Luftmatratzen und morgen kommt das neue Kinderzimmer, das ich bestellt habe. Wir bauen es zusammen auf.

Kapitel 33

Neujahr 2021

Er war zum ersten Mal hier, aber er hatte keinen Blick für das Foyer, die liebevolle Dekoration des Altartisches oder die anderen Leute. Links neben ihm saß Felix und kuschelte sich an ihn, auf seinem rechten Bein saß Svenja, das Köpfchen an seine Brust gelehnt.

„Ist er das?", flüsterte Felix.

„Wer?" Markus starrte einen Moment verwirrt den Mann mit der Gitarre an, der den Anbetungsteil leitete.

„Na, der Mann, der euch bei eurem Fall geholfen hat."

„Ach Nils! Nein, das ist der Mann, der gleich predigt."

„Predigt ist langweilig", meinte Felix, und Svenja nickte.

„Wisst ihr was? Ihr beiden macht die Augen zu und stellt euch vor, was der Mann erzählt."

„Na gut."

Nils kam nach vorne und begann seine Predigt. Jetzt wusste Markus, dass er vielleicht ein guter Kommissar geworden wäre, aber warum Gott ihn in den Pastorendienst gerufen hatte. Seine Predigt zum Thema

„Geliebt, getröstet, gestärkt" führte Markus vor Augen, dass Gott auch im neuen Jahr bei ihm sein wird. Trotz Pandemie, trotz widriger Umstände, sein Gott würde mit ihm in jede Situation gehen, wie er es auch im letzten Jahr getan hatte, als Susanne ihm die Kinder nehmen wollte. Aber jetzt spürte er die beiden ganz nahe bei sich. Gott hatte ihn getröstet in dieser Zeit, er hatte ihm jemand zur Seite gestellt, der jetzt dort vorne predigte. Und es hatte ihn gestärkt, das durchgemacht zu haben. Er würde beim nächsten Angriff ruhig bleiben und Gott vertrauen, dass er die Sache richtig machen würde. Weil er Markus liebte.

Er selbst aber, unser Herr Jesus Christus, und unser Gott und Vater, der uns geliebt und uns ewigen Trost und gute Hoffnung gegeben hat durch die Gnade, tröste eure Herzen und befestige [euch] in jedem guten Werk und Wort. (2. Thessalonicher 2,16+17)

Ja, Gott würde auch fest zu ihm stehen, wenn er gute Werke und Worte tat und sprach. Das war natürlich sein Beruf, das war die Erziehung seiner Kinder, soweit er darauf Einfluss nehmen konnte, das waren aber auch die Beziehungen am Arbeitspatz, insbesondere Helena, mit der er ja am meisten zu tun hatte.

Und er musste und wollte sich wieder eine Gemeinde suchen. Und diese hier fühlte sich genau richtig an.

Als er nach dem Gottesdienst Nils seine Kinder vorstellte, sagte er ihm das auch. Und Nils freute sich. „Mensch, dann sehen wir uns ja jetzt öfter." Er begann, sich wieder die Hände zu reiben. „Aber – wenn du mich am Arbeitsplatz besuchst, darf ich dich dann auch wieder besuchen?"

„Ach, Nils, natürlich! Es war eine tolle Zusammenarbeit, und zum Ende hin hätten wir nicht auf dich verzichten können."

Nils wurde rot, aber er strahlte.